THE FRIEND

摯友

Sigrid Nunez

西格麗德·努涅斯 著
蘇瑩文 譯

各界盛讚

實在超喜歡，推《摯友》，我看得又好笑又傷心，忍不住要想，我要是走了，誰來跟我的毛小孩解釋，我為什麼不見了？牠們會很悲傷嗎？牠們會理解嗎？——范琪斐（資深媒體人）

努涅斯的《摯友》是一本很好看的文學小說，可說是她磨劍二十餘年的精萃之作。作為專業作家，努涅斯默默耕耘，雖然在文壇頗受敬重，但直到《摯友》贏得二〇一八年美國國家圖書獎之後，才獲得應有的重視。小說以後設性的視角探討小說創作的意義，以及職業作家與寫作教學的種種困境。在我看來《摯友》最能夠打動人心之處則在於寫情。努涅斯不僅處理了兩性之間特殊的友情，也探索了人與動物之間的相互依存。此外，小說中不斷穿插不同的文學作品與作家言論，信手拈來卻恰如其分，實為多年浸淫於文學世界的心血結晶，充分呈現努涅斯／敘事者以文為友的心態。透過人與人、人與動物以及人與文學之間超越物種的纏綿情誼，《摯友》讓我們看到作家飽滿的精神世界，雖然面對死亡不免哀戚，但終能覓得超脫之道。

——馮品佳（交通大學外文系終身講座教授、亞美研究中心主任）

關於那些袒露且發炎的疤痕、那些必然荒誕的真相，作者將我們認為文明的、高尚的都被用筆戳出膿水來，於是讀來痛快了點，也讓麻木的清醒了一點。尤其她在男女交鋒，與女生彼此看破手腳部分的描述，早丟開了做人的偶包，甚至帶著幾分嘲笑的深情。她在此書寫著寫作的本身，那麼不合時宜的憨傻行為，如痴人看世界，人性美醜都在她筆尖同時綻放，讓寫與讀的人都痛快。

——馬欣（作家）

為什麼還要看小說？答案可以是一篇兩萬字的論文，也可以是兩個字《摯友》。

——林沛理（香港作家、文化評論家）

對生命和寫作的思考，也描述了一個女人和一隻狗的友誼，是很智慧的一本小說。

——哈金（美國國家圖書獎、美國筆會／福克納小說獎得主）

好愛《摯友》，感動又有趣的小說，寫下友誼、死亡、厭女、哀悼、寫作、師生戀，以及寫作教學的種種。所有寫作者必看。

——阮越清（普立茲小說獎得獎作家）

對閱讀、寫作、愛與失落的沉思，《摯友》是一部充滿文學典故和軼事之作……努涅斯找到了完美的聲調來敘說……筆觸具備她獨有的機智、溫厚和智慧。《摯友》真是讓人愛不釋手。我真心害怕今年再看不到比這更好的小說了。

——金融時報

對寫作、對文學氣節失落的低迴反思，是這本小說的創作核心……《摯友》簡直是對寫作者、教師、讀者發出的開槍警告，但努涅斯的美字美句安慰了我們。她自信率直的筆法凸顯了——她的佳句音律，她的深邃與各樣機伶聰敏。本書毫不迂迴直指重點，並提供指引給新手寫作者，而這批人或許如主角所說，他們永遠不知道……那個（文學）世界正在消逝。但或許未必？畢竟《摯友》證明了，文學倖存。

——紐約時報書評

這本書私密又優美，短短的篇幅，卻在靈魂裡嗡然鳴響……對友誼、情愛、死亡、孤獨、犬科陪伴和都會老齡作家的生活觀察，提供許多智慧巧語的反思。這本小說雖然下筆沉重，卻是寫給故友的一封信，裡面充滿令人擔憂的觀察，特別是那些卡住文學本科生作家之路的深刻觀察。

——經濟學人

一段關於里爾克愛情觀的幽默即興演出，亦即「愛是兩份孤獨，互相保護、包容和致敬……」。

——風尚雜誌

在這本小說裡，根本無法把愛與陪伴從失落當中拆解出來，《摯友》是極為罕見的一本書，會在讀完之後，讓你的心跳緩和下來。

——洛杉磯時報書評

在這本短小卻又完美的小說裡，一名作家意外失去了好友、導師，毫無頭緒的她，疲憊又脆弱。《摯友》是愛的故事，是因為哀傷而狂躁的故事，同時也是一個康復的故事。

——浮華世界

這本小說猛然給予一擊……人類與動物相依的完美故事……《摯友》的文句乾脆、直率、俐落——卻是對這種痛苦與依戀進行特寫的最佳筆法。

——哈潑雜誌

這是本慢下來，以淒婉冥思檢視哀傷，信手拈來滿是文學神話與精采摘句的書……文青、寫作班同學以及愛狗人士會看得驚喜連連。

——圖書館期刊

高昂誌慶人狗關係的美好傑作。《摯友》以令人難忘的獨特聲調講述關係中救贖與療癒力量的故事……是本優美又博學，魅力滿點、擁抱生命的好書。

——The Bark 雜誌

低調卻燦爛，黑暗深沉又趣味橫生……寫得如此優雅——大膽跳脫傳統小說概念的筆法——幾乎要不像是小說了；美且痛得讓人屏息，絕對是獨一無二的一本。

——科克斯書評

導讀

愛，值得更好的回報

郭強生

能讀到一本讓人神迷忘我、欲罷不能的小說，真如同久旱逢甘霖。

整個暑假，我不停地企圖彌補經過整個學期教學後的消耗，希望能讀到幾本可以幫我充電的文學作品。先是從近期出版的小說著手，看了近兩年獲得中外文學獎的幾部小說。這些作品的作者都比我年輕許多，我讀得到他們旺盛的企圖心，努力鋪排情節，或是挖掘歷史素材，或是揭開自身成長經驗，都顯得如此急切，甚至隱隱充滿了一種自我防衛的焦慮。

能責怪他們嗎？整個時代都被網路臉書籠罩，他們太清楚什麼是讀者反應。快速的資訊流通，各式的文學評論術語與招式，教會他們如何打造預設的護身符。一本一本我拿起又放下。

是我老了嗎？曾經深深震撼我的文學作品，都有一個大開大闔的靈魂，足以包容與理解人生所有的曖昧與不確定，難以用主題加以定論，更無法簡述屬於她／他們的那種渾然天成的文字所帶來的驚喜——除非你真的好好坐下來靜讀。

最後，我發現自己又在重讀辛波絲卡、柯慈的《屈辱》，甚至是葛林的《沉靜的美國人》。

直到出版社寄來這本努涅斯的《摯友》譯稿。

二〇一八年她獲得極負盛名的美國國家圖書獎時，我曾匆匆讀到這則新聞，當時沒特別在意，因為當年她的獲獎被視為「爆冷」。如今我終於讀到了這本精煉、優美、簡潔又深邃的小說，驚豔之餘也要為評審委員們喝采，讓這本篇幅不長的小說，從那些看似鉅作的大堆頭長篇中脫穎而出。這真是一本耐讀，更經得起慢讀、細讀的小說。

努涅斯的文筆自成一格，無過多修辭贅句，每每擊中要害，是一本真正「智慧的」小說。原因無它，獲獎時已六十八歲的作者，寫作已長達二十三年，出版過八本書，也曾獲得過一些文學獎的肯定，但是卻屬於那種「人不知而不慍」的創作者。

她一直安靜地在寫，與文學圈始終保持著距離，一直到了這本《摯友》，被媒體形容為「一夕爆紅」成為暢銷書。大家都喜歡這樣的「勵志」故事。

然而，真正勵志的部分不在於她的獲獎，而是在於她仍用一種純樸、近乎古典的態度面對寫作，寫下了她對那些正在消逝中、甚至是被年輕一代視為無用陳舊價值的哀悼。

你沒辦法解釋死亡。

而愛，值得更好的回報。——《摯友》，六四頁尤其，在MeToo運動席捲全球，女性同聲撻伐性騷的年代，努涅斯卻描寫了一位花名在外的教授與崇拜他的女學生之間，一段長達三十年的友情（或是，另類的愛情？）。

怎麼可以為這樣一個經常與女學生發生性關係的男人之死哀慟欲絕？年輕的讀者可能立刻就會未審先判。努涅斯竟然還寫得如此理直氣壯？

我想到法國國寶級女演員凱瑟琳·丹妮芙，曾因一句「我們那時男女之間的互動跟今日不同」遭到網友洗板出征。她口中的「那時」是歐洲藝術片的全盛時期，「那時」的男人指的是楚浮、布紐爾、費里尼……可惜昔日銀幕女神沒有機會將話說完，也許她需要像努涅斯的文筆才能表達得更清楚。在今昔之間，在對錯之間，每個人都在經歷著不同的痛苦，也在見證著自己的蛻變。

這是一個多麼具挑戰性的任務，努涅斯卻辦到了，難怪令評論家與讀者們讚嘆不已。她筆下那個頗具自傳色彩的敘述者，在哀慟中對著亡者「你」細訴，寫下了「你」自盡後，她陷入悲傷無以自拔過程中的點點滴滴。不是為亡者辯護，更像是一個認真活過、年屆七旬的長者在告訴下一代：

生命本就是充滿危險的，不管有多少的預防與警覺，我們仍然一不小心就會受傷。

如果我對阿波羅好，無私地為牠犧牲、愛牠——那麼有天早上我醒來牠會不見，

而你會從死之國界回來取代牠？——《摯友》，一八二頁

全書結構看似札記手抄，零零星星卻是綿密布局不鑿斧痕。除了敘述者與亡者外，努涅斯安排了一隻名為阿波羅的大丹犬登場，成為全書畫龍點睛的神來之筆。

亡者的第三任妻子約了敘述者「我」見面，遺孀不願再繼續飼養那隻亡者從街上撿回，近九十公斤的流浪狗。「我」的生活簡約單調，十五坪大的住處根本容不下阿波羅旋身的空間，更不用說，一旦被房東發現，「我」將失去這間房租低廉的住所，人狗都將流落街頭。

但是「我」卻收養了阿波羅，同病相憐的兩者命運未卜，讓這本充滿冥思與回憶片段的小說，更增添了閱讀上的期待。

阿波羅既是亡者的替身，安慰了「我」這個孤獨的靈魂，牠同時也像是敘述者「我」的分身：敏感、孤獨、憂傷。這個當年被教授啟發，大半生都奉獻寫作而習慣離群索居的單身女子，從阿波羅這個陌生的龐然生物身上又重新看到了文學的意義——你如何能跨過生存的隔閡，發現一種新的表達，讓靈魂與靈魂之間取得和解與重生的可能？

有首歌是這樣寫的：假如我們能和動物說話就好了。

意思是，假如牠們能和我們說話就好了。

但是，當然了，那會毀了一切。——《摯友》，二五一－二頁

所以，《摯友》不光是一部哀悼之書，更是一本關於寫作的書。全書充滿著懇切又勇氣十足的文人風格，但是努涅斯既不尖酸也不自溺，她的一針見血總帶著某種獨特的幽默感，以及在她這個年紀所修得的智慧，對生命仍無法放手的深情。

當「我」大聲對著阿波羅朗讀起里爾克《給青年詩人的信》，大狗安靜享受著與新主人建立共鳴的那個場景，就連我這個從未養過寵物的讀者也深深動容。

並非阿波羅真能理解文學，「我」清楚知道這種一廂情願「擬人化」的危險。但她卻因此意識到，想必曾有摯愛之人對狗狗做過類似的事。連狗狗都知道什麼是難以放手的懷念，而總自以為理性的人類卻以各種治療之名，讓憂傷成了毒蛇猛獸。

除了寫下這日復一日的緩慢覺醒，「我」無法找到人生的出口。

校園流傳的笑話。A教授：你讀過那本書了嗎？B教授：讀？我連教都還沒開始教。——《摯友》，二〇八頁

對文學小說的重度使用者來說，相信除了這本書中刻劃的孤獨與深情會令各位低迴之外，

其中許多文學中的「互文」——從里爾克、弗蘭納利．歐康納、到柯慈——必會讓你們覺得是全書的大彩蛋。（多麼湊巧，我也剛重讀完柯慈！）

在學院中教授創作近二十年，對努涅斯描繪的許多教學現場，我更是心有戚戚焉。原來在手機臉書無所不在的年代，年輕一輩對經典的不以為然已是四海皆同。書中有一節提到，學生們不懂為什麼還要讀那些可能已經絕版的經典文學，甚至認為「不是該讀些更成功的作家？」（《摯友》，二〇六頁）。

讀到此處讓我不禁心驚：做為文學教育的傳承者，我如何能不因任務之艱難，而取巧以一些迎合議題與潮流的作品當成安全選項，最後陷入如B教授那樣只能自嘲的困境？

從努涅斯身上，我看到了在面向大眾對純文學的質疑時，最好的一種回應。至於一本文學佳作如何能讓人在瞬間耳聰目明？我想，她的《摯友》亦提供了充分的解釋。

我們都認為自己的付出值得更好的回報，但，什麼才是更好的？讀完這本小說，我心中默默亮起了答案。

（本文作者為作家、台北教育大學語文創作系教授）

你必須明白，

你不能寄望透過寫作來撫慰哀傷。

娜塔麗亞·金茲伯格（義大利文學經典名家），〈我的職業〉

你會猛然看到一片胸膛擋在地板中央，

上頭是一隻狗，雙眼大如茶碗。但是你不必怕牠。

安徒生童話，〈打火匣〉

每本小說努力想回答的問題是：

人生值得活嗎？

尼可森·貝克（美國作家），〈小說的藝術第二一二號〉，《巴黎評論》

第一部

一九八〇年代，加州有為數眾多的柬埔寨女人因為相同的問題就醫：她們都看不見。這些女人都是難民。逃離家園前，她們親眼見證了赤色高棉的暴行，一九七五到一九七九年之間的殘暴政權眾所皆知。這些女人當中，有許多遭到強暴、酷刑折磨，要不就是受到殘忍的對待。有個女人在士兵帶走丈夫和三名兒女後再也沒見過他們。她表示，經過四年的日日哭泣，她喪失了視覺。她似乎不是唯一因為哭泣，而瞎了眼睛的人。其他人則是眼花模糊或喪失部分視力，飽受黑暗和疼痛之苦。

為這些女人——大約共有一百五十人——檢查的醫師發現她們的眼睛功能正常。進一步檢查結果顯示她們的腦部同樣正常。如果這些女人所說屬實——確實有人對此存疑，認為她們可能是裝病，目的是獲得關注或希望領取殘障津貼——那唯一的解釋就是，她們罹患身心失調型的失明。

換句話說，這些女人因為看了太多令人震懾驚懼的恐怖景象，難以繼續承受，於是她們的心智便遮斷所有光線。

這是在你過世前，我們聊起的最後一個話題。之後就只有你透過電子郵件寄給我的書單，你認為那些書對我的研究會有幫助。以及，正逢新年期間，你順便祝我新年愉快。

你的訃文中有兩處錯誤。你從倫敦搬到紐約的日期晚了一年。另外是你妻子的娘家姓氏拼音錯誤。兩個都是小錯，事後也都勘誤，但我知道這會讓你極其惱怒。

但是在追悼會上，我無意中聽到你會覺得有趣的對話。

如果可以，真希望我有辦法祈禱。

你有什麼障礙？

就是**他**。

如果可以，真希望能做到。死者存在於條件句中，表示否定。但同時也有種獨特的意義，彷彿你成了全知，我們所做、所想或所感的一切都瞞不了你。彷彿你正在閱讀這些字，甚或是另一個特殊意義：在我寫下之前，你就已經知道他們會怎麼說。

沒錯，如果哭得夠厲害、夠久，你的視線最終會變得模糊。

我躺著，這時還大白天的，但我已經躺在床上。過度哭泣讓我頭痛，我頭抽痛了好幾天。我起床走到窗邊往外看。這時還是冬天，窗邊很冷，有道風鑽了進來。儘管如此，感覺還是很好——我把前額貼在冰冷玻璃上的感覺很好。我一直眨眼，但仍然看不清楚。我想起那些把自己哭瞎的女人。我眼睛眨了又眨，恐懼浮上心頭。然後，我看到你了。你穿著棕色的老式短夾克，就是很緊的那件——也只有你能穿得那麼好看——你深色的頭髮又濃密又長。這也是為何，我知道我們必須回到過去。很久遠以前的過去，大約三十年前。

你當時正要去哪呢？其實沒特別要去哪。不是去採購日用品，不是和人有約，只是雙手插在口袋裡溜達，欣賞街景。你就是那樣。**如果我不能走就不能寫**。你會在早上工作，到了某個時間點——這個時間點一定來報到——也就是在你覺得連一句簡單句子都寫不出來時，你會出門走個幾公里。只不過，遇到天氣不允許就慘了（其實很罕見，因為你不介意天冷或下雨，只有真正的暴風雨能阻撓你）。回家後，你會坐下來繼續工作，試圖捕捉剛才漫步時找到的節奏。越是捕捉得到，你就越是寫得好。

你說，因為這與節奏有關，佳句始於節拍。

你發表了一篇名為〈如何當個漫遊者〉的隨筆文章，寫了有關都會漫步的習慣以及在文學文化上的地位。因此引發了些許論戰，討論「女性漫遊者」是否真的存在。你認為女性不可能秉持和男人相同的精神在街上閒逛。女性行人時時受到打擾，例如旁人的眼光、評論、噓聲和肢體碰觸。女性受的教育是要她們在成長過程提高警覺：這男人是不是走得太靠近？那男人是不是在跟蹤她？這樣她們怎麼可能放鬆到足以體驗自我迷失，和理想中真正漫遊帶來的純然喜悅？

你的結論是，對女人而言，漫步的意義可能相當於逛街——特別是那種不刻意買東西的逛街。

我不覺得你的說法有任何不對。我認識不少女人一離開家門就神經緊繃，有少數甚至盡可能不出門。當然了，女人只要等到某個旁人對她們視而不見的年齡後，問題自然就解決了。

還有，請注意你用的詞雖然是**女人**，但你真正指的是年輕女人。

最近我經常漫步但沒有寫作。我沒能在截稿日如期交稿，編輯好心地把日期往後延，但我還是交不出來。這下編輯覺得我是在裝病拖稿。

我不是唯一誤以為你不會做那種事的人，因為你太常把那些話掛在嘴上了。畢竟你也不是我們認識的人當中最不快樂的，甚至也不是最憂鬱沮喪的一個（想想G，D或是T－R）。你甚至稱不上——現在這話聽起來還真弔詭——最具自殺傾向的那個人。

因為時間點太接近一年之初，實在不難把你的做法看成是新年願望。

在你多次談及那種事的機會中，曾提過一次，會讓你止步不前的是你的學生。當然了，你的考量是這個範例可能對他們造成的影響。儘管如此，我們還是完全沒想到你會做出那種事，雖然我們明知你熱愛教學也需要錢，卻在去年辭掉了教職。

另一次你提到，人到了某個年齡，自殺可能會是個理性的決定，是個健全的選擇，甚至可說是個解決方案。這和年輕人不同，年輕人自殺是個徹底的錯誤。

有一次，我們全笑翻了就因為你說了句：**我想，如果可能，我寧願人生**

只是個短篇。

英國詩人小說家斯特維．史密斯[1]稱死神為唯一會應人呼喚而至的神，這話讓你很開心；同樣的，大家以不同方式提及若非自殺，他們無法繼續走下去的說法，也很能博得你的歡心。

愛爾蘭作家薩謬爾．貝克特和一名友人在某個宜人的春日早晨一起散步。友人問，這樣的日子是不是讓你慶幸自己活著？貝克特說，我不會想到那裡去。

不就是你跟我們說的嗎，連環殺手泰德．邦迪曾經在自殺防治中心負責接電話？

泰德．邦迪。

嗨，我是泰德，在此聆聽你的心聲。說吧，告訴我。

知道要舉辦追思會，我們都吃了一驚。你說過，絕對不希望有人幫你辦追思會，光是想，就讓你反感至極。你的三號老婆是不是故意不理會你的意願？還是你忘了白紙黑字寫下來？跟多數自殺者一樣，你沒有留下字條。我從來就搞不懂為何要稱之為字條[2]，明明就是有人寫成長篇大論。

在德文，留下遺言的紙條叫做abschiedsbrief：告別信。（這說法好多了。）

---

1 作家全名是Florence Margaret Smith（1902-1971），曾獲女王詩歌金獎。

2 這裡作者針對的「字條」（note），是因為遺書的英文是suicide note。

不過，至少你希望火化的願望倒是達成了，而且沒有葬禮，也沒有猶太人的七天守喪習俗。訃文明確強調了你的無神論。**在宗教與知識之間，他說，人必須選擇知識**。

有人留言道：一個了解猶太歷史的人竟然會這麼說，太荒唐了。

到了追思會當天，所有人的訝異全平息了下來。大家以猜測前後三任妻子同處一室會是什麼狀況，來轉移自己的注意力。更別提女友們也到了（當天流傳的笑話是，如果歷任女友全到齊，一個大廳可能坐不下）。

除了不斷強調痛失才俊英年早逝的重播照片外，那場追思會和其他文學聚會並沒有太大差別。在接待處的與會者談著錢、追加的文學獎，以及剛過世的作家和評論。不流淚才是合宜的禮儀。大家利用這個機會寒暄、打點人脈。在一首紀念曲響起之際，來賓間流傳著針對二號老婆而起的流言蜚語，大夥兒難以苟同地搖頭（現在謠傳著她正準備出書）。

此外，不得不說的是三號老婆容光煥發——儘管她散發的是宛如刀刃的寒光。她的一舉一動在在表示，膽敢憐憫我或暗示我有某方面的過錯，我絕對下手無情。

她問起我的寫作進度時，令我大受感動。

她不怎麼誠懇地說，我等不及想拜讀大作。

我不確定自己是否能寫完，我說。

噢，但妳知道他會想要妳完成的。（**如果他在的話**。）

她有個讓人困惑的習慣，會邊說話邊慢慢搖頭，像是同步否認自己說的每一個字。

某個略具知名度的人走過來。在轉頭招呼之前，她說，我可以打電話給妳嗎？

我提早離開會場。離開時，我聽到有人說，我希望**我的**追思會上能有多一點人。

還有：這下子他真的是名正言順的死白男了。

文學界當真是暗地裡波濤洶湧，恨意滿點，宛如敵我廝殺、外頭還圍著狙擊手的戰場嗎？美國國家廣播電台採訪一位名作家時這麼問道。後者表示認同，並說，圈子裡只有嫉妒和敵意。接著他試著解釋，文學界像艘正在下沉的救生艇，而且有太多人想擠上去。只要推開一人，你搭上救生艇的機率就跟著大一分。

倘若閱讀真的能增進同理心——人們不是常這麼說；那麼顯然寫作會帶走一些。

你曾經在一場研討會上說了句讓聽眾驚訝的話：「大家哪來的想法，怎麼會以為當作家是件美好的事？」比利時法語作家西默農說，寫作不是職業而是使命。喬治．西默農以真名寫了上百本小說，以二十多個筆名又寫了上百本書，他退休時是國際暢銷作家。嘿，那非常幸福快樂好嗎？

他吹噓自己上過不只一萬個女人，她們就算不是全部也大多是妓女；這樣的人還自稱女性主義。他的文學導師竟然是法國女作家柯蕾特，情婦是非裔美籍後來入籍法國的歌手舞者約瑟芬·貝克——但據說他因為工作大受情事影響而斬斷了那段關係。當年他的小說產量還下降到區區十二本。有人問他怎麼會成為小說家，他的回答是，憑著我對我母親的恨意。（看來恨意不淺。）

漫遊者西默農：我所有書的靈感，都是在我漫遊時出現的。

他有一個錯亂愛著他的女兒。她小時候向父親討一枚結婚戒指，他也真給了她。她長大後，還把戒指的戒圍放大來配戴。這個女兒在二十五歲舉槍自盡。

問：巴黎年輕女人去哪裡找來一把槍？

答：從她在父親小說裡讀到的槍枝製造人手上。

■

一九七四年的某一天，在我不時會去授課的同一間教室裡，一名詩人在那學期她教授的工作坊上宣布：我下週可能不會來上課。稍晚，她在家中套上母親的皮草大衣，手上拿著一杯伏特加，到車庫裡飲彈自盡。

她母親的皮草大衣是寫作課教師很喜歡向學生指出來的細節，那種透露著蛛絲馬跡的細節——例如西默農的女兒如何獲取槍枝——學生的小說作品中大多缺少了這類在生命中大量出現的細節。

那名詩人坐進她的車裡，那是一輛一九六七年出廠的茄紅色福特美洲獅轎車，發動引擎。

我這輩子教的第一堂課上，在強調過細節的重要性之後，有個學生舉手說，我完全不贊成。如果妳想要一大堆細節，乾脆去看電視。

我後來發現，他的評論並沒有當時聽起來的那麼蠢。

同一個學生還指控我（他的說法是**像妳這種作家**）想藉著把寫作形容得比原來更難，來嚇阻其他人別踏上寫作之路。

我們為什麼要做那種事？我問道。

噢，拜託，他說，這還不夠明顯嗎？市場就那麼丁點大。

我自己的第一個寫作老師曾經告訴她的學生，除了成為作家，若他們此生還能有其他職業可選，千萬別貿然放棄。

昨晚，在聯合廣場站，有個人以長笛演奏〈玫瑰人生〉，**漸慢的**、**戲謔的版本**。最近我對這種餘音繚繞的音樂毫無抗拒力，這首曲子當然也一樣，長笛樂手活潑生動的詮釋讓曲調在我耳邊反覆了一整天。有人說，要擺脫這種難以忘卻的音樂有個方法，就是徹底將那首歌聽個兩、三次。我聽的當然是由法國香頌歌手艾迪．琵雅芙演唱的最知名版本，她是這首曲子的作詞人，於一九四五年首次演出。這下子，人稱「小麻雀」的琵雅芙獨特、顫抖、充滿法國靈魂的歌聲再也不停歇。

一樣在聯合廣場站，有個男人舉著看板：無家無齒只有糖尿。寫得好，一名路過的通勤者說，一邊把零錢丟進男人的紙杯裡。

當我坐在電腦前，偶爾會有個視窗跳出來：正在寫書嗎？

三號老婆想找我說什麼呢？我沒有你可能想像的來得好奇。如果你留了信或什麼訊息給我，我現在早就拿到了。她說不定在計畫另一種追思會，比方說手稿展之類，若真是如此，那她就又做了一件你不想要的事。

這場會面讓我有點害怕，倒不是因為我不喜歡她（我確實不喜歡），而是我一點都不想參與這類儀式。

而且我不想談你。從某些角度來看，我們的關係很特殊，別人不容易懂。我從來沒問起，也從來不知道你怎麼對你三個妻子解釋我們的關係。對此，我很感激，儘管三號老婆從未如一號老婆一樣成為我的朋友，但至少她也沒像二號老婆那樣，拿我當敵人。

你們的婚姻必須為了友誼而有所調整不是她的錯，婚姻本身就是如此。在你幾段婚姻之間的空窗期，你和我最親近，但那樣的空窗期從來不長久，因為你近乎病態地無法獨處。你曾經告訴我，除了有幾次例外——比方出差或巡迴打書（有時候甚至也沒有），這四十年來，你從不曾獨自入睡。三段婚姻間，你總有女友在身邊。如果沒有女友，也有一夜情。（有的女人連一夜情都說不上，因為沒有過夜睡覺。）

我必須坦白，而且頗感羞愧：每次聽到你談戀愛我就心痛，每次聽到你和某人分手，就會一陣開心。

我不想談你，或聽別人談你。那當然是老生常談了，說什麼我們必須多談談亡者，才能以我們做得到的方式記住他們。但是，我發現，聽到越多人談你——例如那些在追思會上致詞說愛你、了解你又能把話講得好聽的人，我就覺得你退得越遠，越像個蒼白的投影。

至少她沒邀我到你家，這讓我鬆了一口氣。（那仍然是**你家**。）這不是因為我和那個地方有任何特殊連結，畢竟你在的那幾年，我也只去過兩、三次。我記得，第一次拜訪是在你剛搬進去不久，我有幸參觀你住的紅褐色建築，欣賞嵌入式書櫃、經過歲月洗禮的胡桃木地板和上頭鋪的地毯。只是這一切不斷地提醒我：當代作家在本質上是多麼追求物質的享受。有一次，在另一位作家的家庭晚宴上，有人提起福樓拜著名的規則：要像中產階級那樣生活，像神人一樣思考。儘管如此，我卻從頭到尾都看不出那個狂放的傢伙有哪一點活得像個尋常的中產階級。如今（晚宴上的眾人都同意），隨性的波希米亞風幾乎完全消失，取而代之的，是擁有知識、消費意識、嗜好及其他品味風雅而且不隨俗流的人，當晚的主人邊打開第三瓶葡萄酒邊說。不管這麼說公平與否，但當場許多作家承認他們因自己的行為而尷尬甚或羞愧。

幸好你在布魯克林成為風尚指標的幾十年前就已經搬過去，不必目睹令人沮喪的盛況，也不必疑惑書寫自己住的街區怎麼會變得和寫六〇年代非主流文化一樣難：無論一開始有多麼誠摯，最後仍看得出拙劣模仿的痕跡。

和福樓拜那句金句齊名的，還有吳爾芙說的：「**人要是沒吃好，就不能好好思考，好好去愛，或好好睡覺。**」這話說得好。但吃不飽的藝術家未必都成了神話，而且有多少思想家得靠接濟度日或死於貧困。

在吳爾芙的分類中，福樓拜和濟慈同屬因為世界漠不關心而飽受苦難的天才。但你以為福樓拜會怎麼看待她——那個說所有的女性藝術家都是妓女的福樓拜？這兩個男人都創作過自殺的角色，就像吳爾芙本人一樣。

有一段時間——而且為期頗長——你我每天見面。但過去幾年，我們分別住在不同國家，而不只是不同區。那陣子，我們主要透過規律的電子郵件往返保持聯絡。去年一整年，因緣際會之下，我們見面的次數多了，不是在派對、讀書會，就是在其他活動上，接著我們開始計畫性的約時間碰面。

所以我為什麼怕走進你家？

我想，那是因為瞥見某件熟悉的衣物、某本書或照片，亦或是聞到屬於你的味道，會讓我感覺不安。我不想因此不安，天哪，我可不想不安時身邊還站著你的寡婦。

正在寫書嗎？正在寫書嗎？點擊以下連結就能知道如何讓書順利出版。最近，在我開始寫這本書時，有個新視窗會跳上螢幕。

孤單嗎？害怕嗎？沮喪嗎？請撥打二十四小時自殺防治專線。

唯一會自殺的動物，同時也是唯一會哭泣的動物。但我聽說過，打獵時，被獵犬追到無路可逃、逼入絕境、疲憊不堪的鹿有時也會流下眼淚。大象會哭泣也有白紙黑字的紀錄，當然了，你一定聽過某人把他們的貓狗形容得天花亂墜。

根據科學家的見解，動物的眼淚是隨壓力而來的眼淚，不能和情緒化的人類混為一談。

而人類呢，情緒變化帶來的淚水，和因為不舒服而分泌來清潔或潤滑眼睛的淚水不同。眾所皆知，釋放這些化學物質對哭泣的人有所幫助，這得以解釋為何人在大哭一頓之後會感覺較為舒適，同時，這也許是賺人熱淚的電影戲劇之所以歷久不衰的原因。

有人說，莎劇演員勞倫斯·奧利佛曾經非常挫折，因為他和許多演員不同，沒辦法說哭就哭。如果能比較演員的淚水成分，了解他們屬於兩類中的何者，一定是件挺有趣的事。

在民間故事及其他虛構小說中，人類的眼淚，一如人類的精子和血液，都可能存在著神奇的屬性。在《長髮姑娘》的故事結尾，也就是歷經數年的分離和折磨，公主和王子重逢擁抱時，她的淚水流入他的眼中，奇蹟似的讓他被女巫害瞎的雙眼重見光明。

琵雅芙有許多傳奇故事，其中一個也與神奇的重見光明有關。她童年時期，曾經因角膜炎而喪失好幾年的視覺。當時，她以祖母開的妓院為家，幾名妓女帶她踏上朝聖之路，到里修朝拜聖女小德蘭之後雙眼痊癒。這很可能是另一個神話故事，但在她演唱時，法國作家尚・考克多形容她有「奇蹟發生後的盲人雙眼，能夠洞悉一切的眼眸」卻是事實。

但有兩天之久，我的眼瞎了……我看到了什麼？我絕不可能知道。琵雅芙有個不堪的童年，充滿暴力和污穢。這是詩人露易絲・博根描寫其中一段插曲的文字。詩人同時還寫了：**我一定打一出生就經歷暴力**。

我以為自己熟知《格林童話》，但我忘了王子曾經想自殺。他相信女巫的話，以為自己再也見不到長髮姑娘，於是從她的高塔往下跳。我印象中，女巫用指甲戳瞎了王子的雙眼——而且確實也語出威脅，表示抓住王子漂亮小鳥的那隻貓會挖出他的雙眼。但結果王子是因為跳下高塔，被荊棘刺瞎了雙眼。

然而，即使在小時候，我也認為女巫有理由生氣。承諾就是承諾，況且她又不是把小女孩從她父母手上騙過來。她把長髮姑娘照料得很好，保護她免於接觸外頭邪惡的世界。我覺得，第一個路過的帥哥就把她帶走，未免有失公允。

在我童年還愛讀童話的那段時間，我有個鄰居是盲人。他雖然已經成人，但仍和雙親住在一起。他永遠戴著墨鏡。當年我十分困惑，不解盲人的眼睛為什麼要防光線傷害。他露在墨鏡外的臉看來粗獷且帥氣，像電視上西部影集《來福槍手》裡的男主角。他大可成為電影明星或間諜，但是我為他寫的角色是受傷的王子，而拯救他的，是我的淚水。

■ ■ ■

「希望這地方還可以，妳真好，願意大老遠跑這一趟。」

三號老婆知道我這趟路不到三十分鐘，但她是個優雅的女人。而且她口中的「這地方」是位在你那棟紅褐色建築（是的，仍然是你**那棟**紅褐色建築）路口轉角處的迷人歐式咖啡館。當我走進咖啡館，看到她坐在窗邊桌位，心中便想，對如此優雅美麗的女人而言，這個場景真是完美——她沒使用電子設備，不像其他那些獨自在咖啡館的人（有些人即便有伴也同樣低頭看螢幕），而是凝視著街景。

她是那種懂得五十種絲巾繫法的女人，有關於她，這是你最早告訴我的幾個形容之一。

與其說她看來不到六十歲，不如說她輕輕鬆鬆地讓上了六十歲的自己別具魅力。我記得，當我們知道你開始和她約會時有多驚訝——一個幾乎和你同齡的寡婦。當然了，我們想的是二號老婆以及其他更年輕的女人，還有，以你的傾向，你遲早會有其他比你女兒更年輕的女朋友。當時，我們一致認為是因為第二段婚姻的爭吵——你說過那讓你老了十歲，讓你轉而投入中年女子的懷抱。

即便在欣賞她的同時——剛剪染過的頭髮、化妝、精修過的手指甲和雖然看不見但我知道同樣精修過的腳趾甲——我仍然壓不住某種想法，在追思會上看到她時，我也有同樣的想法：當時我想到一則新聞，有個家庭全家去度假，孩子卻失蹤。幾天過去，孩子仍然不見蹤影，線索全無，結果大家都懷疑到父母的頭上。那對夫妻從警察局走出來時被人拍下照片，長相平凡的夫妻臉上沒有任何表情。讓我印象最深刻的，是那名女人塗了口紅還戴著珠寶：一條項鍊——吊著我猜是可以放小照片的掛墜——和一對圈圈大耳環。到那種時候還能化妝戴首飾，這讓我很驚訝。我原本以為她會看起來像個流浪漢。

在這間咖啡館裡，我再次想著：她是妻子，是她發現了屍體。但不管是在這裡或在追思會上，她求的不只是體面或自持，而是表現出最好的一面，無論妝髮、衣著、指尖甚或由內而外煥發出來的，全都精心打點過。

我不是批評，只是敬畏。

她不一樣；她是你生命中少數那種與文學或學術世界無關的人。她從商業學校畢業後，就在曼哈頓一家公司擔任管理顧問。你總是用一種讓我們尷尬的方式說，「但是，嘿，她讀的書比我還多。」打一開始，她便有禮但保持距離地對待我，心甘情願地接受她把我當成你一名老友，而她只是我的點頭之交。我寧可這樣，也不要她像二號老婆那樣嫉妒，要求你和我以及你過去人生中的所有女性劃清界線。我們的關係惹惱了二號老婆，被她稱之為不正常的亂倫關係。

為什麼用「亂倫」這個字眼?我曾經問你。

你聳聳肩,說她指的是我們太親近。

她從來就不信我們沒有性關係。

有一次我們在講電話,我不知問了什麼,你聽了放聲大笑。我聽到她在旁邊抱怨,說她想安靜看書,看到你沒理會她還繼續笑,她乾脆拿書扔向你的腦袋。

你說,不。你同意減少和我見面的次數,但拒絕和我斷絕聯絡。

有一陣子,你忍耐她的怒火、飛擲的物件、尖叫、哭泣以及鄰居的抗議。接著,你開始說謊。有幾年我們偷偷見面,搞得我們好像真的是祕密戀人。當時的情況真瘋狂。她的敵意卻從未減少,如果我們在公共場所錯身而過,她會以眼刀射向我。即使在你的追思會上都不肯示弱。她的女兒——你的女兒——沒有出席。我聽到有人說她在巴西做研究,主題好像是有關某種瀕臨絕種的鳥。

你和關係疏遠的獨生女有許多不愉快的摩擦，她甚至比她母親更不願意原諒婚外情。

她不懂，你說，她以我為恥。

（你憑什麼以為她不懂？）

但是，在二號老婆的致詞中聽不出任何恨意。她說，你是她生命中的光和愛，是最美好的事。而且，她說了，她正著手寫一本有關於你們婚姻的書。把你們的婚姻**小說化**。也許我會在書中某處讀到你曾經告訴她：我們真的上過床。一次。是在很久之前，在她認識你之前。

你才畢業沒多久就開始教書。在你的學生中，我不是唯一跟你成為朋友的人，我們兩人是在同一個班級認識你的一號老婆。當年你是系上最年輕的老師，青年才俊兼大眾羅蜜歐。你認為試圖禁止課堂戀情是白費工夫。好老師一定誘惑力十足，你說，而且有些時候還必須扮演讓人心碎的角色。那時，我雖然不是完全聽得懂你在說什麼，卻絲毫不減那事的刺激度。我明白的是我求知若渴，而你有能力將知識傳遞給我。

離開校園後，我們仍然維持著友誼，那年夏天——同一時期，你開始追求一號老婆——我們變得離不開彼此。一天，你說了句嚇我一跳的話，你說我們應該上床試試看。依你的名聲，這沒什麼好奇怪的。但我們認識了那麼久，我早就不期待你朝我撲過來。我傻傻地問為什麼。這問題讓你放聲大笑。因為，你摸著我的頭髮說，我們應該要**為彼此把事情弄清楚**。我猜，你我都沒想到我有可能拒絕。在我那段時間的慾念中——你可以稱之為我這輩子最熾熱的時光——最強烈的想法之一，是全心全意信任某個人，某個男人。

事後，當你說那是個錯誤，我們的關係不該超越友誼時，我簡直羞愧透頂。

有一陣子我謊稱生病，再有一陣更長的時間裡，我假裝自己出了城。後來我真的病了，而我怪你，詛咒你，不相信你能當我的朋友。

但我們終於再次碰面時，我們之間沒有我害怕的痛苦難堪，某種感覺——某種張力，某種我從前沒有完全意識到的焦躁感——消失了。

當然，這正是你希望的結果。這下子，即使你已經完全征服了一號老婆，我們的友誼仍持續增長。這段友誼比我其他的朋友關係來得長久，帶給我極大的快樂。而且我覺得自己很幸運，我雖然受過苦，但是我從來未曾心碎。（妳沒有嗎？有個心理諮商師故意激我。覺得我們關係不健康的人不只二號老婆，懷疑我單身多年事出有因的人也不只那名心理諮商師。）

一號老婆。無可否認的真愛、熱情的愛。但不對，在你看，那是忠誠的愛。在那段婚姻結束前，她徹底崩潰。要說她再也回不去，一點也不誇張。但換個角度看，你不也是嗎？我記得，當她一出院就立刻找到另一個人，讓你有多麼心痛。

她再婚時，你發誓**你**絕對不會再婚。接著十年間你談了幾段情，大部分都很短暫，但有少數幾次與婚姻難以區分。但我記得，那期間所有感情最後都以背叛結束。

W．H．奧登曾說，我不喜歡把哭泣女人拋在身後的男人。他會討厭你的。

三號老婆。我記得你說她是磐石。（我的磐石，你說。）她是九個孩子中的老大，因為母親重病，父親拚命接下兩份工作，她自小便被賦予重任。有關她的第一段婚姻，我只曉得她丈夫死於山難，他們有個小孩，一個兒子。

這是我和她首次單獨相處。過去我認識的她個性自持，因此今天看到她這麼健談不免訝異，那杯濃縮咖啡就像酒一樣，讓她鬆了口。她有個習慣性的手勢，說話時會前前後後搖動雙手，慢慢地搖——她想催眠我嗎？她看來很緊張，但說起話來仍然柔和鎮定。

你不是她生命中第一個自殺的人，她這麼說。

「我祖父舉槍自盡。事發時我還小，對他沒什麼印象，但他的死，對我的童年造成很大影響。我的父母從來不提，但事情就是在，像罩在屋頂上的雲，像角落的蜘蛛或床下的小精靈。我從小就牢牢牢記，絕對、絕對不能向我父親問起祖父的事。長大以後，我才終於從我母親口中問出一點故事。她說我祖父的自殺震驚了所有人。沒有遺書；認識他的人當中，沒有任何一個人能找出他會做那種事的理由。不知怎麼的，我父親把這令人難解的事故想得更糟，有一段很長的時間，他堅持我祖父是遭人謀殺的。我母親說，比起祖父自盡，我父親似乎更氣他沒解釋原因。他顯然覺得自殺必定有理由。」

反觀你呢，是一直飽受憂鬱之擾。而且，她說，尤其是去年那六個月，那段期間，你早上幾乎沒辦法起床，而且一個字也沒寫出來。但奇怪的是，你似乎熬過了情緒低潮，至少夏天過後看來精神不錯。從一件事可看得出來，她說，你文思不再枯竭，在幾次嘗試未果之後，你終於積極投入讓你興奮的新主題。你每天早上都坐在書桌前，在大部分的日子，你都會表示稿子進展不錯。你大量閱讀，你寫小說時總是如此。而且，你身體的狀況也活躍起來。

去年有幾件事讓你陷入低潮，她解釋道。有次你搬箱子傷到背，好幾個星期不能運動，就連走路都會痛。妳記得他的箴言吧，他說：「如果我不能走就不能寫。」但那次背傷終於痊癒，你又開始久久的漫步，開始到公園跑步。

「而且他也恢復了社交，還會找低潮時期避開的那些人敘敘舊。妳知道他養了一隻狗嗎？」

其實，你告訴過我。在電子郵件裡寫道，某天，你清晨出門跑步時發現了那隻狗。牠背著天空，站在亭子下：你從來沒看過這麼大的狗。一隻白底黑斑的大丹狗。牠沒戴項圈也沒掛狗牌，所以，雖然是純種狗，你還是覺得牠可能遭主人丟棄。你盡了全力找狗主人卻沒有消息，最後決定把狗留下來自己養。你的妻子嚇壞了。她本來就不愛狗，你說，而迪諾徹頭徹尾的就是個狗樣。牠站立時，由肩到腳有八十六公分，體重八十多公斤。你附了一張照片，你們兩個臉貼著臉，乍看到牠偌大的腦袋，會以為是一匹馬。

後來你決定不用迪諾這個名字。你說牠太尊貴，這名字配不上。妳覺得錢斯怎麼樣？還是強西？迪耶哥？華生？魯夫？亞諾？阿爾菲？在我聽來，這些名字都很好。最後你決定叫牠阿波羅。

三號老婆問我，在你自盡之前，你是不是有哪個朋友也自殺了？我們沒見過面，我說，但是你對我提過他。

「嗯，那可憐的男人身體很差，他肺氣腫，還得了癌症，會心絞痛又有糖尿病——生活品質糟透了。」

反之，你一直非常健康，根據醫師的說法，你心臟和肌肉都比實際年齡年輕。

說到這裡，她停了一下，轉頭看向窗外時，輕到幾乎聽不見地嘆了一口氣。她用雙眼搜索外面的街道，彷彿她要找的答案一定會出現，只不過要晚一點。

「我的重點是，他可能情緒會高低起伏，跟我們其他人相比，他也沒那麼享受變老，但是他看來真的精力旺盛。」

看我沒說話——我該說什麼呢？——她繼續說：「我覺得他不再教課是個錯誤。不只因為他愛那份工作，教學還讓他的生命有了一個框架，我知道這對他好。儘管如此，我也知道他教起書來沒有從前那麼快樂。事實上，他經常抱怨。教學讓人洩氣，他說，特別是對作家而言。」

我的電話響了一聲。傳來的訊息不急，但是我不無焦慮地看了時間。我沒有什麼地方得去，今天我沒別的計畫。但是時間已經過了半小時，我們的飲料馬上要喝完，但我還是不知道自己在這裡做什麼。我一直等她提起某個特定主題，某個一開始難以啟齒接著又難以討論的主題，因為我不知道她怎麼想或她知道多少。我可以輕鬆想見幾個你不告訴她的好理由，例如那群學生抱怨你老是稱他們「親愛的」。

我覺得那幾個學生處理得很好。他們寫了封信寄給你，只寄給你一人。

你可能覺得那麼喊很迷人，她們信上寫著，其實那帶著貶意，而且不恰當。你不該繼續那麼喊。

你是不再那麼喊了，沒錯，只是不無慍意。你這個完全無害的習慣已經有……多少年了？從你一開始教書就這麼喊了。那麼長一段時間，沒半個人吭一聲。而現在呢，每個人——班上每個女人（正如其他寫作課程一樣，這班課堂上多數是女人）——都在信上簽了名。當然了，你覺得她們是聯合起來對付你。

真是心胸狹窄，我難道不覺得？我難道看不出整件事有多荒唐、多小器？如果她們的用字遣詞有這麼認真就好了！

這是我們少數起爭執的時候。

我：不能只因為沒人說過，就以為沒有人抗議。

你：呃，如果她們什麼都**沒**說，她們就是**沒有抗議**，不是嗎？

我愚蠢地（我承認是太粗心）提及幾年前教同一課程的著名詩人，他挑選搶修課程學生的方法，是分別面試所有的女性，然後以外貌為基礎挑人。

而且他還得逞，沒受到懲罰。

我想你氣瘋了吧。竟然拿這種引人反感的例子來比較！我怎麼膽敢暗示你會做這種事。

真抱歉。

但多年來，你和學生以及教過的學生發展過好幾段感情。

而且你從不覺得這有哪裡不對。（**如果我認為那是錯的，我就不會做**。）此外，又沒有明文規定禁止師生戀。你說，其實應該要禁止的。教室是世上最情色的場所，想否認這件事未免太天真。去讀讀喬治．史坦納吧，他曾經教過你，你尊敬且仰慕他。我讀了他的《大師與門徒》，並在此引述：「情慾，無論隱藏或公開，無論是幻想或實際行動，都與教學交織在一起……這項基本事實已經被簡化為性騷擾來看待了。」[3]

我沒說出口的是：我是個偽君子。我們都知道你喊我「親愛的」時，我都會興奮又激動。

還有，且容你指出：有不少時候是學生主動誘惑你的。

但是我記得之前有個女人——一名外籍學生——拒絕了你的友善殷勤，之後指控你沒給她應得的A，只給她A-。後來大家才知道，這名學生習慣對分數提出異議，而調查她這項控訴的委員會最終判決是A-還嫌給得太大方。儘管如此，再加上師生戀沒有明文禁止，你的行為只是不合宜，有道德爭議的空間，不能為人接受。

那是個警告。但你沒有理會，還毫髮無傷地脫身。

你花了好幾年才改變。我是說，真的花了好長一段時間。

時間來到你剛滿五十沒多久，身上多了十公斤肉，但你過了一段時間又會瘦回來。你進酒吧時已經微醺，接著更醉得一塌胡塗，掏心掏肺地說話。我好希望你停下來。我討厭你談論女人；不是出於嫉妒，不再是了，而且我發誓我早就和你的這一面講和了。我恨的是替你尷尬。你知道我幫不上忙，但你必須讓我看到你的傷口，即使是不雅地暴露也一樣。

她十九歲半——年紀很輕，輕到連「半歲」都別具意義。她不愛你，這你尚可忍受（但老實說，你甚至寧願如此）。你無法忍受的是她不想要你。有時候她假意渴望，但從來都不是全心全意。大部分時間，她甚至懶得假裝。事實上，她不在乎性愛，之所以和你在一起也不是因為性愛。她在乎的性愛，你很清楚，來自別的地方。

到了這時候，已經形成了一種模式：年輕女人願意和你上床，卻不像

3 引自《大師與門徒》，邱振訓譯，立緒出版社。

你，是因著慾望而接近對方。她們的動力是自我陶醉，是看著權勢在握的年長男人拜倒自己裙下所帶來的刺激。

十九歲半的女孩操縱你的心。她往這邊拉——不，教授，往那邊才對。

你老是愛說（應該是引述某人的話），年輕女人是世界上最強大的人。這我不曉得，但是我們都知道你指的是哪方面的強大。

混亂的性關係一直是你的第二天性（在你之前，你父親似乎也一樣）。以你的外貌、語言天分、標準英國腔和自信風格，你看上的女人不難被你吸引。

你說，對你的工作而言，你精采豐富的情史幫助有限但不可或缺。巴爾札克在一夜熱情後哀嘆少寫了一本書。福樓拜堅稱性高潮使男性的創意精華枯竭——將工作置於生活之上，和男人的禁欲一樣可貴——這些故事都很有趣，但基本上也都很蠢。如果這種恐懼成立，那麼僧侶大概是世上最有創意的人了，你說。而且，畢竟許多偉大作家同時也沉迷於女色，或至少有強烈的性慾。你說，海明威講過，寫作是為兩個人，第一個是自己，另一個是你愛的女人。而你呢，要在享有大量美好性愛時才能寫出最好的作品，你說。在你身上，一段感情的開始，通常也會同時帶來一段旺盛的創作。你劈腿的其中一個藉口就是：我文思困頓但截稿日將至。你曾經這麼告訴我，而且一點開玩笑的意思也沒有。

所有因為周旋於女人間而出現在你生命中的困擾，都有其價值，你說。當然了，你從未認真想過要改變。

那個改變一定得出現——而且也不是你能夠控制的——這件事，你似乎不太操心。

一天，在旅館的浴室裡，你飽受震驚。淋浴間正前方有一面全身鏡。你看到的景象不是多嚇人，不過是個中年男人罷了。但是，在虛榮的一瞥下，真相無法否認。

那不是會讓女人怦然心動的身軀。

被剝奪的權力永遠不可能回來。

那種感覺，你說，就像某種閹割。

但變老就是如此，不是嗎？慢動作的閹割。（我這是引述你的話嗎？這句子是不是我在你某本書上看來的？）

追求女人在你生活中占了那麼大的比重，你難以想像少了這部分的人生。少了這個部分，你會是什麼人？

另一個人。

誰也不是。

這不是說你準備好要放棄。一來，妓女永遠找得到。再怎麼沒辦法也可以和學生上床。畢竟，你又不是不曉得，對年輕人來說，只要年過三十的男人都算是過了顛峰時期。

但到這時候，你不得不滿足於另一方臣服的性交——徹底臣服——徹底到毫無慾望。

另一面鏡子：柯慈的《屈辱》。這本書名列你的——我們的——最愛，出自我們最喜歡的作者之一。

書中主人翁大衛．魯睿：和你年紀相同，工作相同，癖好相同。面臨同樣的危機。小說一開始，他描述自己眼中年長男人無法逃避的命運：成為買春客的厭惡感，**有如夜半在洗手台看到一隻蟑螂**。

你醉醺醺，脆弱地在酒吧裡告訴我你如何去親吻你的小寶貝，而她畏縮地後退。我脖子抽筋，她說。

你何不和她分手，我說——這話出自自然反應，我太清楚，就算碰到更大的羞辱，你也沒辦法放過自己。

大衛．魯睿對自己的退化太過驚嚇——他不再有性吸引力卻仍有蠢蠢欲動的慾望——發現自己竟然開始考慮閹割，可以找醫師，也可以靠教科書自己動手進行的真正閹割。因為，有什麼能比一個下流老人譁眾取寵更讓人反胃的事？

但相反的，他強上了一個學生，從原本的高高在上跌入屈辱的深淵，是他毀滅的原因。

這是你以切身體會來閱讀的書。

一號老婆有個理論。世上有兩類花心男人，她說。一種愛女人，另一種恨女人。據她說，你是第一種。她相信，比起另一種，女人對你這種男人更傾向原諒、了解及保護。遭到欺騙後，也比較不會尋求報復。

當然了，如果這男人是個藝術家會更有幫助，她說，或有個神聖的職業。

我的想法是，或者他是某種法外之徒，這勝過其他身分。

問：對於一個花心的男人，決定他愛女人或恨女人的因素是什麼？

答：當然是他的母親。

但是你做了預言：如果我去教書，遲早會身敗名裂。

我也覺得恐怕是這樣。就我所知，你有好幾個和大衛．魯睿個性相似的朋友：魯莽，男性氣概滿到危及工作、生活和婚姻——甚至一切。（至於**為什麼**這些特性具有風險，我唯一想得到的解釋是：這就是男人。）

三號老婆對這些知道多少？有多在乎？

我不知道，也不想知道。

彷彿我把想法說出口似的，她說：「讓我告訴妳我為什麼想找妳。」聽到她這麼說，我的心不知怎麼著開始狂跳。「是那隻狗。」

「那隻狗？」

「對。我想知道妳能不能收留牠。」

「收留牠？」

「給牠一個家。」

我完全沒料到她會這麼說，既鬆了一口氣又感到惱怒。我沒辦法，我告訴她。我住的公寓大樓不能養狗。

她懷疑地看我一眼，接著問我有沒有告訴過你。

我不知道，我說。我不記得了。

她停了一下，問我知不知道你養這隻狗的故事。不知為什麼，我搖搖頭，讓她把我已經知道的故事告訴我。你決定養那隻狗時，和她大吵了一架。那麼漂亮的動物——可憐的傢伙就那樣被拋棄，她怎麼可能不心疼？但是她不喜歡狗，從來就沒喜歡過，而且這隻狗——牠不壞，事實上牠很乖——太占空間。她告訴你，她拒絕分擔任何照顧牠的責任——比方你離開家的時候。

「我求他找別人收養牠，這時候妳的名字出現了。」

「是嗎？」

「沒錯。」

「可是他從來沒對我提過。」

「那是因為他一心想留下那隻狗。最後我累了。但是妳的名字出現過好幾次。她一個人住，沒有伴侶、小孩，也沒有寵物，她大部分時間在家工作，而且她喜歡動物——這是他說的。」

「都是他說的？」

「我又不會隨便亂編。」

「不，我不是那個意思，我只是很驚訝。我剛才也說了，他從來沒對我提過，何況我連看都沒看過那隻狗。沒錯，我愛動物，但我沒養過狗。我只養過貓，我是貓奴。但不管怎麼說，我都不能養牠。我的租屋合約裡有規定。」

「妳是說過了。」她的聲音微顫。「嗯，我不知道該怎麼做。」她雙肩垮下，這陣子她經歷了不少事情。

一定有很多人想領養漂亮的純種狗，我說。

「妳當真這麼想？如果牠是幼犬也許有可能。但是，妳知道的，大部分想養狗的人都已經有狗了。」

她的親友當中沒有人可以收養牠嗎，我問道。這個問題似乎惹惱了她。

「我兒子和他老婆才剛生小孩。他們不能在家裡養一隻巨大的怪狗。」

至於她的繼女：那是不可能的事。「她花太多時間在做田野調查，連個固定的地址都沒有。」

「我相信一定會有人的，」我說：「我來問問看。」但事實上我沒抱太大希望。她說得沒錯，那些想養狗的人早就有狗了。而想得到的、沒養狗的人，家裡至少有一隻貓。

「妳真的不能收留牠嗎？」我問她。沒說出口的是我強烈的定見，認為這事就該這麼辦。

「我仔細想過。」在我聽來，她的說法沒有說服力。「一來，反正那又不是永遠的事。大丹狗的壽命很短，大概六到八年，根據阿波羅的獸醫判斷，牠大概五歲了。但問題是我從沒想過要養牠，尤其是現在更不想。如果最後我得養牠，我知道我會討厭牠。我不想懷抱著某種感覺過日子，那會讓原來已經夠複雜的感覺更複雜——」她指的是她對你的感覺，但她沒說出口。

「那會太沉重。」

我點頭表示了解。

「還有，我想再過不久就要退休了。」她說：「既然現在只剩下我一個人，我打算常去旅行。我不想被一隻我打一開始就不想養的狗綁住。」

我再次點頭。我真的懂。

有人建議她去找動物收容所，但她聯絡的收容所都有一串長長的候補名單。還有一想到你對她把你的愛犬送給陌生人或送進收容所會有什麼感覺，她就心痛。「但是我可能不得不那麼做。牠不可能在狗舍度過餘生。別的先不說，光是錢就得花上一大筆。」

「妳把牠寄養在狗舍？」

「我把牠寄養在狗舍。」她說。我的語氣惹怒了她。「因為我不知道還能怎麼做。要怎麼向一隻狗解釋死亡？牠不明白爸爸為什麼再也不回家了。牠整天整夜等在門邊，還有好一陣子不吃東西，我怕牠餓死。但最糟的是，牠不時會發出像是嗥叫又像哭泣或天曉得像什麼的聲音，而且持續個不停。我試過拿點心給牠吃，想讓牠分散注意力，但是牠把頭別開。有一次，牠甚至朝我吠叫。牠有時會在晚上叫，我被吵醒後就沒辦法再入睡，只能躺著聽，直到我覺得自己快發瘋。每當我打起精神振作起來，只要一看到牠在門邊等，要不就是正趴下準備在那兒等，我就又崩潰了。我必須讓牠離開屋子。現在既然牠已經出去，再帶牠回來就太殘忍了。我沒辦法想像牠在那間屋子裡能再快樂起來。」

我想到忠犬八公的故事，那隻秋田犬每天會去東京澀谷車站去等搭火車下班的主人——一直到有一天，牠的主人突然過世，八公等不到人。但第二天、接下來將近十年的每一天，那隻狗都會在火車到站的時間到車站接人。沒有人能向八公解釋何謂死亡。人們只能寫下牠的故事，為牠豎立雕像，至今——近百年後——仍然傳頌牠的傳奇。

讓人難以置信的是，八公竟然沒能保持紀錄。義大利佛羅倫斯附近小鎮上的費多每天在過世主人下班回家的巴士站迎接主人，一等就是十四年（牠的主人死於第二次世界大戰的空襲）。而在八公之前還有格萊菲墓園的忠犬巴比，這隻斯凱島㹴犬的主人於一八五八年死於蘇格蘭愛丁堡，而巴比在牠一生的最後十四年裡，每天晚上都睡在主人的墓邊。

有趣的是，大家通常把這樣的行為視為極度忠誠，而不是極度愚蠢或某種精神上的缺陷。對於中國有隻狗因為死別而投水的紀錄，我自己是存疑的。而且這樣的故事，是讓我比較喜歡貓的主要原因之一。

「還是說，妳暫時收留牠一陣子？即使這樣也幫了大忙。房東不能抗議有狗來訪。」

問題不只是房東，我解釋道。我住的公寓**很小**。一隻那麼大的狗連轉身的空間都沒有。

「呃，但牠也是護衛犬。當然啦，牠需要運動，但運動量不如其他品種來得大。就算沒牽繩，牠也不會離妳太遠。而且妳會發現的，牠很服從。牠聽得懂所有指令，不該叫的時候不會叫，不會搞破壞，不會失禁。牠還知道不能跳上床。」

「我相信妳，可是──」

「牠兩、三個月前才剛做過檢查，唯一的毛病是關節炎。這年紀的大狗都是這樣。更不必說牠該打的針都打過了。噢，我知道這是大大欠妳個人情，但我真的想把那隻可憐的狗從狗舍帶出來！可是如果我帶牠回家，我敢發誓牠會在門邊守一輩子。牠值得享受更好的生活，妳說是吧？」

是的，我想，我心碎了。

你沒辦法解釋死亡。

而愛，值得更好的回報。

第二部

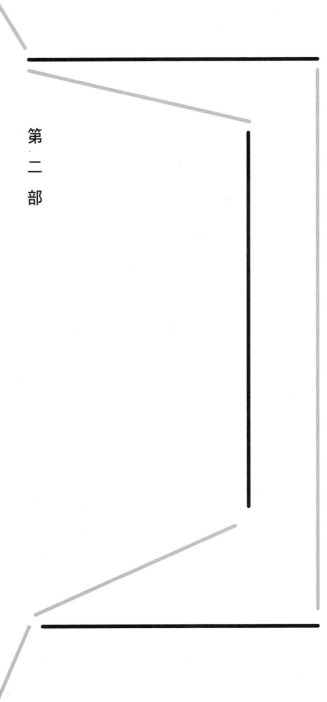

大部分時候，牠都無視於我。與其說我收留牠，不如說牠在我公寓裡獨居。牠偶爾和我有眼神的接觸，但會立刻轉開視線。讓我驚訝的是牠榛果色的雙眼充滿人性，讓我想起你的眼眸。我回想起某次因為離開紐約而把貓交給男友照顧。他不是愛貓人士，但後來他表示想養我的貓，他說，因為我想念妳，養著牠，就像妳或多或少也在這裡。

養著你的狗，就像你或多或少還在我身邊。

牠永遠只有一號表情。在我想像中，格萊菲教堂墓園的巴比躺在主人墓邊時，應該就是這個表情。我還沒看過牠搖尾巴。（牠沒有截尾，但不幸地，剪過的兩耳並不對稱，一隻耳朵比另一隻小。而且牠結紮了。）

牠知道不能跳上床。

如果牠跳到家具上，三號老婆說，只要叫牠**下來**就好了。

打從住進我家，牠多半都趴臥在床上。

第一天，牠在公寓裡聞來嗅去——但一整個無精打采，不是真有興趣也非好奇——接著，牠爬上床，癱成一團。

下來兩個字卡在我的喉頭。

我一直忍到睡覺時間。稍早牠吃了一碗狗糧，讓我帶牠出門散步，但同樣地，似乎牠完全沒注意到外界的一切，連看到另一隻狗都沒能讓牠稍稍激動。（而與此相反的是，牠隨時是眾人矚目的焦點。成為奇觀的感覺得花點時間才能適應，大家不是拍照就是打斷我們的散步：牠多重？牠得吃多少東西？妳有沒有試過騎牠？）

牠一路垂著頭，像隻馱獸。

回到家，牠直接走進臥室，投向床鋪的懷抱。

哀悼導致的筋疲力盡，我想。因為我相信牠已經弄懂了。牠比其他狗聰明。牠知道你這一去不會回來，知道牠再也回不去那棟紅褐色建築。

有時，牠會用力伸展，面對著牆壁。

一週後，我覺得自己比較像牠的獄卒而不是照顧牠的人。

第一天晚上，聽到你的名字，牠抬起碩大的腦袋轉過頭來側眼瞄我。在我走近床邊，明顯表露出想移動牠的意圖時，牠做出難以想像的回應：對著我咆哮。

知道我不害怕的人都表示很驚訝。我難道不覺得牠下次會吼得更凶？

不會，我從來沒那麼想。

但是我確實仔細想了想那個老笑話：二百公斤的大猩猩睡哪裡？[1]

我告訴三號老婆，我從來沒想過要養狗，其實這不盡然是實話。我不只一次和養狗的人同住一起。其中一次，對方養了一隻大丹狗和德國狼犬的混種狗。所以我對狗，對大狗，或是對這款特殊品種的狗並非全然陌生。當然了，我知道，即使不是個個都到八公那種程度，這個物種依然對人類懷抱著熱情。誰不知道狗是忠誠的象徵？然而，就是因為對於人類的忠誠，甚至對於那些不配擁有忠誠的人類都不求回報的天性，讓我寧願選擇養貓。給我少了我也能好好活下去的寵物吧。

至於我告訴三號老婆的，有關我家大小的形容並無半句欺瞞：我住的公寓只有十五坪左右。兩個幾乎一樣的空間，一個小廚房，一個小浴室幾乎只有書報攤大小，以致阿波羅走進去後得倒退著出來。在臥室的壁櫥裡我還留著幾年前妹妹來訪時買的充氣床墊。

我在半夜醒來。百葉窗開著，月亮高掛，藉著充沛的月光，我看到牠明亮的眼睛和濕亮的黑色鼻頭。我仰躺著不動，身邊環繞著牠強烈的氣息，就這樣過了似乎好一陣子。每隔幾秒，牠便伸出舌頭舔我的臉。最後，牠把一隻男人拳頭大小的腳掌擺在我的胸口中央：好重（請想像城堡的門環）。

我沒說話，沒動，也沒有伸手拍牠。牠一定感覺得到我的心跳。我這時突然有個恐怖的想法，擔心牠可能打算用自己的重量壓死我，因為我想起一

1 答案是：牠高興睡哪就睡哪。

則駱駝殺人的新聞：那隻駱駝又咬又踢，最後坐在飼養人身上，救難人員只好拿繩子綁在小卡車上，才拖開那頭動物。

牠終究挪開了腳掌，然後用鼻子推我的頸窩。我雖然癢得要命，但還是忍了下來。牠聞遍我的腦袋和脖子，接著沿著我的身體一路往下嗅，偶爾用力推，彷彿我身下藏了什麼東西。最後，牠猛地打個噴嚏，又躺回到床上，我們兩個就這麼睡去。

這成了每天晚上的例行公事：在那麼短短幾分鐘內，我成了讓牠極度入迷的物品。但在白天，牠活在自己的世界裡，幾乎無視於我的存在。這究竟是怎麼一回事？這讓我想起之前養過的一隻貓，那隻貓從不讓我抱到腿上摟抱，但到了晚上，在我入睡後，牠會蜷在我的臀邊睡覺。

關於我那棟大樓的限制，我也沒說謊。我記得自己在簽下租賃合約時完全沒想到會有這種事。我搬進來時帶了兩隻貓，根本沒想過要養狗。我的房東住在佛羅里達，我從來沒見過他。大樓管理員住在隔壁棟，和我是同一個房東的房客。赫克多是墨西哥裔。原來，我帶阿波羅回家那天，他正好回墨西哥參加哥哥的婚禮。他回來當天就看到我帶阿波羅出去散步。我急忙解釋：狗主人突然過世，除了我，沒別人能收留這隻狗，而牠只是暫時住我家。在我聽來，這話算不得解釋，反而更像花言巧語，因為我所做的很可能讓我失去曼哈頓這處租金穩定公寓[2]。這三十多年來，即使我離開紐約——例如到外地教課，我也會小心維持，不讓租約中斷。

公寓裡不能養那隻動物，赫克多說，就算暫時也一樣。

有個朋友為我解釋過法條，如果房客在公寓裡養狗的時間有三個月，而房東在此期間沒有採取行動逐出房客，那麼房客便可以留下狗，而且房東不能因為這個原因趕人。我對這個說法抱持懷疑的態度。但事實上，這確實是

---

2 Rent-stabilized，這些公寓的法定租金取決於其特定歷史而非地區市場價格，由紐約市租金指導委員會每年開會，決議紐約市之租金穩定公寓的合同續約上漲金額。

紐約市對於公寓養狗的政策。

條件是：養狗必須公開，不能隱匿。

不必說，養這隻狗不可能偷偷摸摸。我一天要遛牠好幾次，而且牠已經成為街坊奇觀。到目前為止，雖說有少數人第一眼看到牠時受到驚嚇，甚至有些人還膽怯後退，但住在同一棟樓的鄰居沒人抗議，況且在有個女人拒絕和我們一起擠進狹小的電梯後，我現在都帶牠走樓梯。（牠笨拙走下五層樓梯的模樣很滑稽，也是牠唯一有失優雅的時候。）

如果牠愛吠，鄰居的抱怨當然少不了。但是牠靜得出奇——也讓人不安。一開始，我擔心會出現三號老婆口中的哭嚎，但到目前為止我還沒聽過。我懷疑這是否因為牠把哭嚎和狗舍連結在一起。這麼說可能有點過度詮釋，但我相信牠不再哭嚎的原因之一是，牠放棄了再看到你的希望。

妳不能在公寓裡養那隻動物。（他一直說**那隻動物**，有時，我不禁懷疑他知不知道阿波羅是隻狗。）我必須舉報。

三號老婆說阿波羅受過訓練，不會跳上床，我不認為她這話是騙我。那是她的假設，以為牠能適應一個完全不同的環境還保持自己絲毫不改變。看到她的假設不成立，我一點也不意外。

我認識一隻貓，牠的主人因兒子對貓皮屑過敏，不得不放棄那隻貓。在尋找正式的家之前，這隻貓住過一個又一個寄養家庭（我家也是其中之一）。牠安然度過前兩、三次的搬家，但接下去的一次，牠徹底轉變了個性。牠的狀況一團糟——糟到沒人願意照顧牠，於是原飼主只好讓牠安樂死。

牠們不會自殺，不會流淚，但牠們可能，也確實會崩潰；牠們可能，也確實會心碎。牠們可能，也確實會發瘋。■

一天晚上，我回家時看到書桌的椅子倒在一旁，原來放在桌上的東西四處散落。牠嚼破了整疊報告。（這下子我真的能告訴學生，說狗吃了他們的作業。）稍早，在下課後，我和另一名老師去小酌幾杯，消磨了一會兒。我外出五小時左右，是我留牠單獨在家時間最長的一次。沙發靠墊的海綿內膽被丟在地上，我放在咖啡桌上那本挪威作家克瑙斯嘉厚厚的作品也被扯爛。

妳只要上網聯絡大丹狗社群，大家這麼告訴我，就可以找到願意收留牠的人。但要是妳被趕出公寓，在這個城市裡，就再也找不到妳負擔得起的公寓。帶著那種室友，妳到哪裡都很難找得到公寓。

我一直幻想著像《靈犬萊西》的那個片段。阿波羅嚇跑試圖闖進家門的小偷、阿波羅衝去拯救遭火困住的房客、阿波羅打敗意圖猥褻管理員小女兒的惡棍。

妳什麼時候才要讓那隻動物離開公寓。牠不能留在這裡。我得提報。

赫克多不是壞人，但他耐心有限。而且他不必說我也知道，他很可能因此丟了工作。

一個同情我狀況的朋友向我保證，紐約房東要驅離房客沒有那麼快。妳不會隔天就被趕到街上，他說。

有種人讀到這裡，就會焦急地想知道：那隻狗會不會有不好的下場？

我上網搜尋，發現大丹狗同時也稱為狗界阿波羅。我不確定那是你選這個名字的原因或單純是巧合，但你可能在某個時候發現了這件事，就像我一樣。再過不久，我也會發現，對狗或寵物而言，阿波羅並非不常見的名字。

還有其他幾項事實：這個狗種的來源不明。一般認為，與牠們血統最接近的是獒犬。而**大丹狗**與丹麥沒有任何一丁點關連，這似乎是十八世紀法國自然學家布豐因為誤信傳言而訂下的名字。在英語世界中，這個名字沿用了下來，而在德國——與這個狗種最為有關的國家，大丹狗已改名為德國犬或德國獒犬。

德國宰相俾斯麥鍾愛大丹狗，紅爵士里西特霍芬[3]曾將他的大丹狗帶上雙座飛機。同時，大丹狗先是訓練來獵野豬，之後成了護衛犬。然而，儘管牠們可以長到九十公斤，用後腿站起來超過兩百公分高，但卻不是以凶悍或侵略性格著稱，而是以甜蜜、鎮靜和脆弱的感情聞名。（牠們另一個親切的暱稱是「溫柔的巨人」。）

狗界阿波羅，名字源自希臘眾神中最知名的一位。

我喜歡這個名字。不過，就算不喜歡，我也不會幫牠改名。即便我知道喊牠時牠的回應——**如果**牠回應的話——最有可能是因著我的聲音和語氣，而不是因為這幾個字。

有時，我發現自己很荒謬，竟想找出牠「真正的」名字是什麼。事實上，牠這輩子可能有好幾個名字。而狗的名字究竟有什麼意義？如果我們從來不曾為寵物取名，名字對牠們而言毫無意義，但對我們來說卻像缺了什麼。牠沒名字，有人這麼說起自己收養的流浪貓，我們喊牠貓咪。即便如此，那依然是個名字。

早在T．S．艾略特就這點表達自己的看法之前[4]，山謬．巴特勒就已經開始了對想像力最嚴厲的考驗：給貓命名。這我喜歡。

你曾經有個好笑的想法：如果把所有的貓都命名為「密碼」不是更簡單？

我知道有些人強烈反對為寵物取名字。這些人和不喜歡把動物稱為**寵物**的人是同類。同樣的，**飼主**這說法不好，**主人**會讓他們怒火高升。讓這些人

---

3 Manfred von Richthofen（1892-1918），一次大戰時的德國飛行員。

4 經典音樂劇《貓》即取材自艾略特的詩集《貓就是這樣》（*Old Possum's Book of Practical Cats*）。

惱怒的是支配統治的概念：人類自亞當以降的、上帝賦予的、對動物的支配權，在他們眼中相當於奴役。

我說過我寧願養貓而不養狗，但並不是指我喜歡貓勝過狗。我對貓狗的喜愛程度大約相同。但是，除了狗的忠誠讓我不安之外，我和許多其他人一樣，對於支配動物的想法有所猶豫。然而，無可迴避的事實是，即便你認為稱呼狗飼主為奴隸主是很一件荒謬的事，狗仍然和其他家畜一樣，養來就是任由人類支配、使用、做人類想要牠們做的事。

但貓不同。

大家都知道，在上帝用泥土做出動物時，亞當做的第一件事——他支配牠們的第一個徵兆——是給牠們取名字。有人說，直到亞當為每隻動物命名之後，牠們才是真的存在。

娥蘇拉・勒瑰恩寫過一個故事，提到一名女人（沒名字但是讀者可不會搞錯，那肯定是亞當的伴侶，夏娃），著手抹滅亞當所做之事：她說服所有動物，去除亞當給牠們的名字。（貓宣稱打從一開始牠就沒接受過那些名字。）除去所有名字後，她能夠感覺到差別：藩籬倒下，她和動物間原有的距離縮小了，與牠們之間產生一種新生的和諧與平等。沒有名字的區分後，獵人和獵物間、食者與食物間不再有區別。無可避免的下一步是，夏娃把亞當跟他父親幫她起的名字還回去。她離開亞當，加入從支配關係自我解放的其他無名動物當中。但對夏娃而言，還有一個要脫離的關係，那就是她與亞當的共同語言。然而這時，她說，一開始她之所以要這麼做，是因為交談無法讓他們的關係有任何進展。[5]

---

5 故事名為〈She Unnames Them〉，在一九八五年一月二十一日發表於《紐約客》。

牠從前肯定接受過服從的訓練，三號老婆表示獸醫這麼說。從牠的表現來看，牠知道怎麼和人、狗社交。牠沒有嚴重受虐的跡象。但反觀牠的耳朵，卻是交由某個笨蛋處理，不只不一樣高，而且還剪太多。牠碩大腦袋上的小尖耳削弱了牠莊嚴的外貌，讓牠看起來更凶悍，也是讓牠無法成為秀場名犬的其中一個因素。

天曉得牠怎麼會去到公園，而且乾乾淨淨、吃得飽飽卻沒有項圈或名牌？除非發生異常特殊的狀況，否則這樣一隻狗不會跑離牠的主人，獸醫說。但問題是沒有人找牠，沒有人表示曾經看過牠。這代表牠可能來自較遠的地方。是偷來的嗎？也許是。獸醫對於找不到牠的登錄資料毫不驚訝。有太多狗主人不願費心去為自己的狗申請執照，或者就純種狗而言，是去向美國育犬協會登錄。

說不定飼主失業，沒辦法繼續負擔狗食和藥品的費用。都養了牠幾乎一輩子，實在很難想像有人就這麼把毫無自我照顧能力的狗丟掉。但是，這種事比你我想像的更常見，獸醫說。又假設牠真的是被偷了，主人卻在知道後有了別的想法——少了牠，日子輕鬆多了，現在讓別人去照顧牠吧！又一次，獸醫說這種事他之前也見過。（我也是，幾年前我妹妹和她丈夫在鄉下買了度假住宅。賣方說要搬到佛羅里達，還介紹了他們家那條從小養到老的雜種狗。但是我妹妹和妹夫搬進去時，發現老狗被棄置在空屋裡。）

也許阿波羅的飼主過世了，接收牠的人把牠丟出來。

最有可能的是，我們永遠都不知道牠打從哪裡來。但你說過，當你抬頭看到牠威武地站在夏日天空下——那一刻既震撼又神奇，你幾乎要相信牠身上有魔法，是應巫女召喚而來，和安徒生童話中的巨犬一樣。

第三部

你跟我們說，與其寫你們所知，不如寫你們**所見**。先假定你們所知甚少，這樣你們才會知道直到學習怎麼看之前，你們知道的絕不可能太多。用筆記簿記錄你們看到的事物，例如外出在路上的見聞。

很久以前，我就不再寫筆記或日記。這些日子，我出門時看到許多街友，或一些窮困到讓我覺得他們應該是無家可歸的人。不過現在他們有手機也不那麼罕見了。還有，除非我弄錯，否則養寵物的街友也越來越多了。

我在百老匯的阿斯提宮劇院前看到一隻狗，身邊只有一堆行李：一個裝得滿滿的背包、幾本平裝紙本書、一個保溫壺、被褥、一**只鬧鐘**，還有幾個裝食物的保麗龍盤。少了個人在旁，讓這一幕悲摧到幾乎難以承受。

我在一處門口看到一名尿失禁的醉漢。他的T恤上印著：我是我自己命運的建築師。不遠處，另一個乞丐的手寫告示牌上是：我也曾風光。

在書店裡，有個男人在陳列桌邊走來走去，摸摸這本書又摸摸那本，但沒有進一步翻閱。我在他身後跟了一會兒，想知道這個方法會讓他買下哪本書。結果他空手離開書店。

如果早個幾分鐘繞過街角，我會看到一個人從辦公大樓的窗戶跳下。但我經過時，屍體已經蓋了起來。我後來才知道，那是一名五十多歲的婦人，在一個美好秋日的午前，往下跳向人來人往的路口。我一直在想，她是怎麼評估的，才沒撞上任何人？也許她只是……我們都只是……幸運。

哥倫比亞大學哲學系大樓上的塗鴉：經過審視的人生也配不上我們。[1]

上東區有場文學獎頒獎典禮，地點是一處私人俱樂部。我搭地鐵到了第五大道，和俱樂部相隔六條街。我看到同樣從地鐵走出來的兩個人：六十多歲的女性身邊伴著年紀大約只有她一半的男人。他們有可能要去其他百萬個街區，但我認為他們和我的目的地相同。結果我是對的。我是怎麼辨識出他

1 蘇格拉底曾有名言：「未經過審視的人生是不值得活的」。

們的？我說不上來。文學圈的人辨識度為何如此之高，對我來說一直是個謎。就像那次我在雀兒喜區一家餐廳看到沙發座的三個男人時，先有預感，之後才聽到其中一人說：幫《紐約客》寫文章就是這麼棒。

我的郵件中有一份試閱稿件和一封來自編輯的信：我希望妳和我一樣，覺得這本小說處女作只是看似深奧。

閱讀筆記。

所有作家都是怪物。亨利．蒙太朗。

作家們一定會出賣某個人。（寫作）是挑釁甚至帶有惡意的行為……是祕密霸凌的策略。瓊．蒂蒂安。

每個記者……都知道……他的作為是站不住腳的。珍納．馬爾肯。

任何稱職的作家都知道，只有小部分文學，能補償人們在學習閱讀時蒙

受的損失。麗貝卡·韋斯特。

文學的罪行似乎無可救藥；即使不再帶來快樂，那些受到傷害的人仍然堅持這個習慣。W·G·澤巴爾德。

約翰·厄普代克說過，每次看到自己的書陳列在書店裡，就會覺得好像躲過了什麼。

某人也曾表達看法，認為一個好人不會成為作家。

問題是缺乏自信。

問題是羞恥心。

問題是自我厭惡。

你曾這麼說：每當我受夠了自己正在寫的作品就會決定放棄，但隨後又發現自己難以抗拒地回到原處，我老是想：**這不就像狗和牠的嘔吐物**。

如果有人問起我在教什麼，有個同事說，不知怎麼每次一說到「寫作」就覺得尷尬。

■

師生諮詢時間，一名學生來提及他人生中的某件事，還說，但這些妳已經知道了。不，我說，我不曉得。他似乎不太高興。妳是什麼意思？妳沒讀我的故事嗎？我解釋道我從來不會把小說作品當作自傳看待。我問他為什麼我應該要知道他寫的是自己。他滿臉疑惑，說，要不然我還能寫誰？

我有個正在寫回憶錄的朋友說，我討厭寫宣洩感情的作品，因為看來似乎不可能靠這樣打造出好作品。

■

你不能寄望透過寫作來撫慰哀傷，娜塔麗亞．金茲伯格這麼警告過。轉而談談伊莎．丹尼森吧，她認為把故事寫下來或說下來，能讓各樣的哀傷都變得能夠承受。

我猜想，我為自己做的，和心理分析師為他們病患做的事相同。我陳述那些非常深邃悠遠的情緒。在陳述的同時，我說明且放下了這些情緒。這是吳爾芙提及自己書寫母親時的說法，有關母親的思緒，從她十三歲（這年她母親去世）糾結到她四十四歲，直到她在**巨大、且顯然是偶發的倉促衝動下**寫出《燈塔行》才告停歇：**我不再聽到她的聲音，我看不到她了。**

問：感情宣洩的效果，是否視寫作**品質**而定？如果一個人以寫書作為宣洩感情的方式，那麼這本書是不是好作品重要嗎？

我有個朋友同樣也寫她的母親。

許多作家喜歡引用米華殊的詩：**當一名作家誕生在某個家庭時，這個家就結束了**。

我把母親寫進一本小說後，她到現在一直沒原諒我。

不如這麼說，托妮．莫里森認為，以真人為角色藍圖等同侵犯版權。她說，每個人都擁有自己的人生，別人不該拿來寫小說。

我正在讀的一本書裡，作者拿擅用文字與擅用拳頭的人來作比較。講得好像文字不能同時是拳頭，不常當成拳頭來用似的。

克麗絲塔・沃爾夫的作品有個重要主題，她擔心書寫某個人，就正好是抹殺那人的做法。把某人的人生轉換成故事，就像把那個人變成鹽柱[2]。在一本自傳體小說裡，她描述一個反覆出現的童年夢境。在夢裡，她因為書寫雙親而殺了他們。身為作家的羞恥，困擾了她一輩子。

我懷疑有多少心理分析師為他們的病患做過吳爾芙為自己做的事。我敢說一定不少。

他們大可隨心所欲地打破佛洛伊德的理論，你說。但是沒有人能否認那男人是個厲害的作家。

佛洛伊德是真人嗎？我聽過一個學生這樣問。

當然了，提出**作家瓶頸**這個說法的當然是心理分析師。埃德蒙・貝格勒和佛洛伊德一樣是奧地利猶太人，也是佛洛伊德理論的追隨者。根據維基百科，貝格勒相信受虐狂是所有人類精神疾病的根源，唯一比人類相殘更糟的事，是人類自殘。

（但是女性作家是雙倍量，愛德娜・歐布萊恩說，女性受虐狂**加**藝術家受虐狂。）

我應邀到一個人口販運受害者治療中心的書寫工作坊授課。是個熟人邀

---

2 《聖經・創世紀》中寫道，神從天上降下硫磺與火，要毀滅所多瑪和蛾摩拉兩個罪惡之城。當時天使領義人羅得全家出城避災，並警告他們不可回頭看。結果羅得的妻子心生留戀，一回頭，就變成了一根鹽柱。

請我去的，或者我應該說，是我以前認識的人：我們是大學同學。當年，她也想成為作家，結果她現在是心理學家。過去十年間，她一直在這個治療中心服務，從曼哈頓搭巴士，只要短短的時間就可以抵達治療中心附屬的精神醫院。她治療的女人對藝術治療的反應相當好（以後我會看到她們的部分畫作，並且發現這些作品讓人極其不安）。她認為寫作可能會更有助益，因為寫作對其他受創者——例如創傷後症候群患者——顯然幫助甚大。

我想去授課。以作家的身分去做社區服務、去幫老朋友一個忙。

我想起幾個月前，我在作家夏季研討會的寫作營教過的一個年輕女人，她身上有前衛的穿環和刺青。寫作營的主題是小說，但她的作品比較像回憶錄——也可以稱之為自傳體小說或實境小說（reality fiction）之類的，作品以第一人稱敘述，主人翁拉蕾特是個遭賣淫集團操控的女孩。

她的作品之所以好，有三個主要原因：不多愁善感、不自憐、富有幽默感。（如果你覺得最後一點太不可能，試著回想一本好書，無論主題多黑暗都會帶著某種幽默。米蘭．昆德拉說，我們相信某些人，是因為他們有幽默感。）那份作品，是那種為了讓讀者相信而必須將強度緩和下來的生命故事。（要是知道作家們多常這麼做，讀者一定會訝異。）她在療養院住了兩年，以對抗毒癮、恥辱和逃回皮條客身邊的誘惑——她身上的刺青中，有三處刺了他的名字。後來她進入社區大學就讀，首度接觸了寫作課程。

她和我見過的許多人一樣，認為寫作拯救了他們的人生。

把寫作當成自我成長工具，你一向持懷疑觀點。你喜歡引用弗蘭納利．歐康納的句子：唯有具備天賦的人，才應該為大眾寫作。

但是，要遇到一個認為自己寫出來的作品不該公開的人，是多麼罕見的事。而要遇到一個認為自己寫出來的作品不僅該讓大眾閱讀，而且還該帶來名聲，又是多麼稀鬆平常。

你認為大家都弄錯了。你認為他們追求的——自我表達、社群、連結——更可以透過其他方式找到，例如合唱、舞蹈和拼布聚會之類的活動。在過去，人們會轉而尋求那些活動，你說。寫作太難了！亨利．詹姆斯的話不是沒道理的，他說任何想當作家的人，都必須豎起寫著**孤獨**的大旗。挫折和羞辱，菲利普．羅斯如此形容寫作。他拿寫作和棒球相較：**你有三分之二的時候是失敗的**。

那是現實，你說。但在迷戀寫作的年代，現實消失了。現在，每個人都寫作，就像每個人都會吃喝拉撒一樣，**天賦**這兩個字會讓人想拔槍。自費出版的興起是場災難，你說。是文學之死，這同時意味著文化之死。蓋瑞森．凱勒是正確的，你說：當每個人都是，就沒有人真的是作家。（然而，事實上，這正是你警告過我們要小心的陳述：**聽起來**很酷，但如果深究下去，會站不住腳。）

聽來雖然像，但以上沒有一件是新鮮事。

寫作和出版作品已經越來越不特別了。我何不也試試？每個人都這麼問。

這是法國藝評家聖伯夫寫的。

時間是一八三九年。

這不是說你打消了我到人口販運受害者治療中心教授寫作的念頭。想像中，那會是很讓人沮喪的事，你說，但不會無趣。

事實上，是你覺得我該寫下那裡的故事。

治療中心鼓勵這些女人寫日記。又或者如我那位心理學家朋友說的，鼓勵她們記下來。日記應該是私密的，她說。但有些女人擔心可能會有人看她們寫下的東西，而她必須再三保證不會有那種事。知道沒人會讀，她們才能完全自在地寫下想寫的東西。連她都不會讀。

她建議那些英文是第二外語的女人，用母語來書寫。

有些女人不寫時，會小心地藏起日記；其他一些人則是隨身攜帶。有少數人堅持一寫完立刻摧毀。那也沒關係，她告訴她們。

治療中心要求這些女人每天至少書寫十五分鐘，快速寫下，不要停下來思考太久，也不要分心。她們用正常寫法來寫，寫在中心提供的筆記本上（我朋友相信研究報告說的，用正常寫法會比速記更能專心；比起空白紙，用橫條紙較容易寫下私密想法和祕密）。

當然了，有些女人拒絕寫日記。

那些女人對我發怒，因為我要她們回憶那段痛苦經歷，她說。妳得理解這群女人經歷過什麼。對她們多數人而言，凌虐並非從人口走私開始。（**我一定是打從出生就經歷了暴力**。）有些人甚至被家人故意置於險境——有些案例是被賣掉。現在沒有遭受凌虐，不代表她們的傷口不痛。上課上到某個時間點，我總會問，她們覺得發生在自己身上最美好的事可能會是什麼。我沒辦法告訴妳有多少女人都回答，最好的事是死。

但有一群女人開心地書寫著，往往一天還不只寫十五分鐘。我朋友希望給這些女人機會參加寫作營，給她們一個安全的所在，不只可以寫，還能互相交流、和指導老師分享她們的寫作。這些報名者，她說，我可以放心她們有相當的英文程度，雖說不是每個人都以英文為母語。然而，即使是以英文為母語的人也曾經對自己的寫作能力表示擔憂，甚至格外擔心拼字和文法。她要大家不必拘泥於拼音和文法，就跟寫日記一樣。

所以，有件事很重要，妳得忽視那些錯誤，她告訴我。我知道這對妳來說不容易，但這些女人已經很缺乏自信了，我們不想讓她們更壓抑。

我想到亞卓安．芮曲有首詩，裡頭引用了一名學生在紐約市立大學開放課程裡寫下的幾行字。

人們在貧困中飽受痛苦……有些苦難是：[3]

我朋友讓我看那些女人的部分藝術創作：缺了頭的身體、火焰吞噬的房

3 原文句子刻意以冒號結束，後面未加上任何文字描述。

子、長了野獸嘴巴的男人、私處或心臟遭刺的裸體孩童。

她還讓我聽了某些女人證詞的錄音，我立刻想像出栩栩如生的畫面。

我一直稱她們為女人，她說，但很多個都還只是女孩。我們上個月才救出來的一個十四歲女孩，她被鍊在地下室的柵欄上。性凌虐又加上囚禁的情況，傷害最為嚴重。當時女孩甚至沒法說話。她的發聲器官沒有任何問題——總之醫師找不出問題——但她堅持保持緘默。我們不時會看到這樣身心失調的症狀，包括盲啞和癱瘓。

我朋友要我看一部瑞典電影《永遠的莉莉亞》。其實，幾年前片子一上映我就看了。那時候我還不曉得電影是根據真人真事改編。一開始，我對《永遠的莉莉亞》所知不多，只因為我喜歡導演前一部作品，而且就在附近的電影院上映，便起心動念去看了。如果早知道自己會看的是什麼，我極有可能就不去了。結果那次的觀影經驗在我心中一直難以抹滅，即使到了十年後的今天，我也不必再看一次。

莉莉亞十六歲，與母親同住在前蘇聯時代的寒酸計畫住宅區。她以為自己和母親及母親的男友即將移民美國，時間一到，才發現自己被留了下來。她無情的阿姨接收了她住的公寓，強迫她搬到某個連骯髒破舊都稱不上的陋舍。她無依無靠又沒錢，最後只好去賣淫。

莉莉亞從周遭人身上學到的，只有殘酷和背叛。唯一的例外是小她幾歲、飽受酒鬼父親虐待的男孩瓦洛加。莉莉亞在瓦洛加的父親把他踢出門後收留了他，和他成為朋友，而小男孩愛上了莉莉亞。兩個無家可歸的孩子度過了一小段快樂時光。但莉莉亞生活中絕大多數的時光仍然無比淒涼。

當英俊、說話輕聲細語的瑞典男孩安得烈出現時，希望也跟著來到。莉莉亞立刻愛上男孩。他告訴她，有了他的協助，她就能搬到瑞典展開新的人生。不管這麼做對瓦洛加是否太殘忍，她還是抓住了這個機會。瓦洛加以自殺回應唯一朋友的離開。

瓦洛加後續在片中仍然會出現，只是化身為天使。

莉莉亞隻身來到了瑞典（安得烈答應之後要跟她會合）。在機場，有個男人來接她，安得烈說過，這個男人會照顧她。男人帶她到位在高樓公寓的新家，將她反鎖。長髮姑娘，長髮姑娘[4]。第一個強暴她的就是這個男人。莉莉亞的新生活就這麼展開，日夜不分地被載送到客人面前——而且年齡性格各有不同——其中沒有一個人因為她顯而易見的稚齡和非自願，影響了自己的慾望。相反地，每個人都把莉莉亞看成是生來就要當性奴的。

莉莉亞首次逃跑失敗，被抓回去毒打一頓。第二次，她發現自己站在高速公路的橋上，雖然能夠幫她的警察就在不遠處，她還是心慌意亂地往下跳了。

跳橋後，有人在女孩——也就是《永遠的莉莉亞》故事發想的真實主人翁——身上找到一封她寫的信，這整個故事才揭露出來。

■

當年，我在某個上班日，到街坊的小藝術電影院看這部電影，觀眾只有五個左右。我記得，電影結束後，我必須等到收拾好心情才有辦法離開電影院。那是種羞愧的感覺。有個單獨來看電影的女人坐在前方離我幾排的位置，她正在啜泣。我終於能夠起身離開時，她仍然坐著啜泣。我也替她覺得羞愧。

根據我朋友的說法，《永遠的莉莉亞》常在女孩特別容易成為人蛇集團目標的國家放映給人道主義人士和人權團體看。

摩爾多瓦一群受邀觀影的妓女反應：**不夠殘忍**。

比電影讓我更震驚的是，聽到導演說上帝照顧著莉莉亞（就像瓦洛加死

---

4 《長髮姑娘》故事中，喊兩聲「長髮姑娘」，住在塔樓上的女孩就會把長髮放下來，讓女巫或王子爬上她的住處。

後仍然以天使模樣出現在螢幕上），還說若非抱持這個信念，他不可能拍出這部電影。若不那麼相信，我想我會自殺，他說。

那麼，他覺得那些不這麼想，絲毫不信上帝照顧著世上諸多莉莉亞的人該怎麼做？

我朋友說，對於曾受不平等待遇或遭到剝削的受害者——例如困在莉莉亞那等可怖環境的人——我們還可能稍稍理解他們為何以錯誤方式惡待彼此，甚至有可能原諒，她說。但是對於身處北歐福利完整富裕國家、已然是幸運兒的人，竟還有如此卑劣的行為，就很難接受了。

我曾經在雜誌上看到一張照片：男人排著蜿蜒的、長長的隊伍，等在未成年妓女的棚屋前面。我不記得那是在世上的哪個角落，但是我清楚記得那些男人的姿態顯得稀鬆平常，有幾個在抽香菸，有的低頭看手錶，有的仰頭看天空，還有人在看報紙。整體氣氛看似百無聊賴。要是沒有說明，你會以為他們在等巴士，或是在汽車監理所排隊。

我朋友還告訴我另一個案例。同樣的，醫師也找不出任何傷害或疾病導致病患無法像正常人那樣說話，但她就是不說話。當治療中心人員建議她開始寫日記時，她顯然很興奮，一星期就寫滿了一整疊筆記簿。她的字異常扭曲，簡直想像不出比那更小的字體了，我朋友說。光是看她寫字姿態就夠嚇人了。她的手鼓脹，指頭起了水泡還流血，但是她不願停也停不下來。

我們從來不知道她在寫什麼，因為她不肯和我們分享，我朋友說，但就算內容反覆或沒有意義，我也不驚訝。幸運的是，我們能夠開藥給她，幫助她停止瘋狂書寫，並且開始說話。

據拉蕾特說，她也有過一段瘖啞的日子。但凡她想說話，喉嚨就會痛苦地收緊，像是有雙看不見的手掐住她的脖子。

儘管痛，我還是很努力嘗試，但我最多只能像隻氣喘的老鼠那樣發出沙啞的嘎吱聲，惹來哄堂大笑。我丟臉到不敢再試。如果我想溝通，我會寫字，或是用手語和嘴形來表達。雖然這樣，我的喉嚨仍然一直痛。

治療過程中，她回憶起多年來一直沒去想的一個事件。那和她的外婆有關，而外婆是她盡可能不要回想的人。拉蕾特十歲時，母親被母親的男友刺死。她和父親沒聯絡，於是被安置在外婆家，由後者照顧。拉蕾特提起那個毫無希望的安非他命上癮者時，都稱之為「我的奴隸主」。

她是頭一個把我賣給男人的人。我記得我們坐在廚房的桌邊，她站起來開冰箱。她拉開冷凍櫃，拿出一支長條冰棒，打開包裝後折成兩截。我記得那是櫻桃冰棒，是我最喜歡的口味。她把冰棒的一頭塞進我嘴裡。寶貝，讓我教妳怎麼做。然後她把另一截冰棒放進嘴裡開始吸吮。

這段回憶和其他幾段一樣，都是拉蕾特考慮再三是否要寫進書裡的段落。她擔心這聽起來太不真實。她刪除又寫進去，反反覆覆好幾次。

我認識另一個女人，一位作家，有時會以性工作來賺錢維生。她反對最近大家認為每個妓女都是人蛇集團受害者的說法。她想在性奴和自由的自願性工作者之間畫出一條明確的界線。那些反妓院、反嫖客、主張公開嫖客照片以達羞辱效果的衛道人士紛紛對她大加撻伐。

上帝從白馬王子手上救了我們，她說，為什麼相信我們不需要、不想要別人的救贖有那麼困難？但話說回來，女人如何使用自己的身體完全是她自己的事，只是社會一向不接受這個理論。

這個女人很喜歡講一位法國女演員阿爾樂蒂的故事。一九四五年，阿爾樂蒂被判叛國罪，因為在德國占領法國期間，她和一名德國軍官有染。她在抗辯時說，我的心在法國，但我的屁股是國際化的。（其實我的朋友比較喜歡另一個更簡潔的版本：我的屁股不是法國。）

我這位從事性工作的朋友說，她對大多數女人有多麼天真感到訝異。她們竟然不知道大多數男人都有買春的經驗，她們的父親兄弟、男友丈夫都在其中。我聽拉蕾特說過同樣的話——正如我聽過男人說，對於宣稱自己從沒為性愛付過錢的男人，他們深表懷疑。

最近有一部電視紀錄片裡，一名在郊區汽車旅館工作的前妓女解釋，星期一早上是最忙的時候：顯然比起和妻小共度週末，沒別的事更能刺激她的業績。

我曾問過我那位朋友是否享受當一個性工作者。我相當確定她會給我肯定的答案。但她看著我，彷彿她很怕聽錯了我的問題。我是為了錢，她說，沒什麼好**享受**的。如果我能靠寫作維生，就根本不會去賣春。至少比教書要容易些，她說。

我必須保證不拿那群女人在寫作營所寫的東西當素材。不過我那位心理學家朋友同意讓我寫她以及她的工作。而你，以你一向慷慨的方式，極力向一名恰巧和你共進午餐的編輯推銷這個構想。沒隔多久，我便有了合約和截稿日。

我們大學畢業後不久，我那位心理學家朋友寫的一些故事刊登了出來。刊登那些文章的雜誌發行量雖小但聲譽卓著，是那種大家會認真看待的文學季刊。其中一篇故事拿到獎項，而一年後，她得到提名，並且榮獲另一個較大的年度最具潛力青年作家獎。

我很想知道她為什麼停止寫作。

並非真有那麼一個決定，她說，事情是自然而然發生的。我著手寫小說，但沒法專心，有個熟人建議我試試冥想。我就這樣成了佛教徒。我到紐約州北邊一處靜修場學習冥想，至今一直保持打坐的習慣。我知道，不少作家對佛教非常感興趣——但現在哪個人**不是**在打坐冥想或練瑜伽？我也知道有些人說，冥想對他們的事業有所幫助。但自從我學佛後，我發現佛教與想要成為作家這件事相互矛盾。

但是我得澄清，我從來不曾停止寫作。沒必要那麼做。首先，我書寫日記——其實我認為書寫也是一種冥想——而且我寫詩。我每天工作所見都讓人非常不安，我發現詩很有幫助。倒不是說我寫過自己的工作。我的詩，傾向於描述世界之美，多數與大自然有關。這些詩不是太好，我知道，我也無意拿出來與人分享。對我來說，寫詩就像祈禱，而祈禱是不必拿出來與他人分享的。

我並不是想要完全脫離這個世界，我沒打算當尼姑。但正如我說的，我開始對成為作家這件事心存懷疑。一是以文學為志，一是以斷開依附為目標的生活，我看不出兩者怎麼能協調一致。我離開佛教靜修場後，很快便在一處藝術村住下來——當時我希望自己能重回小說寫作的軌道上。我記得自己看著藝術村裡的人——當中有些人和我一樣才剛起步，有些則已經小有成就，那時我心想：要怎麼樣——當然天分是必要的——才能成功。我必須有野心，極大的野心，如果我想寫出真正的好作品，我必須發奮進取，必須相信我做的事極其重要。但我覺得這似乎和學習打坐、徹底放下，起了衝突。

即使寫作不該被視為競賽，但我卻很清楚作家通常都如此看待。我住在藝術村時，村裡一名作家拿到一筆預付金，數字大到連《時代雜誌》都撰文報導了。那天晚餐時，他說，我最後兩個朋友就這麼沒了。當然了，他是在開玩笑，但是我注意到，只要有作家大放異采，就會有人拚命使勁要把他拉下來。

此外，大家心裡想的都是錢。我不懂。有哪個人是為了錢而當作家的？我記得，在我第一個寫作班上，老師說：如果想成為作家，你們該做的第一件事就是發誓守貧。聽了這句話，班上沒人眨一下眼。

好像我認識的每一個作家——在那時期，差不多我認識的每個人都是作家——都處於長期挫敗的狀態。隨時左右大家情緒的，是誰拿下什麼獎、誰沒被提名和整個制度有多不公平。這一切太讓人困惑了。為什麼一定要這樣？那些男人為什麼那麼傲慢？當中為什麼有那麼多掠奪者？那些女人為什麼那麼氣憤又沮喪？真的，要叫我不替大家難過，還真的很難。

每次我去聽朗讀會，就忍不住替作家感到羞愧。我自問是否希望在台上的是自己，老實回答：天哪，我才不要。而且不只是我，妳可以感覺到其他聽眾也不舒服。我記得自己心想，波特萊爾說藝術是賣淫，約莫就是這個意思吧。

那段期間，我仍然掙扎著寫小說。然後，有天我告訴自己，假設妳不寫這本小說好了，這世上不是還有不計其數的人想把小說帶進這個世界？事實上，小說是不是已經過多了？我真的以為少了自己這本小說會有什麼差別嗎？明知窮極自己寶貴人生創作的小說存不存在毫無差別，我又要如何找出這麼做的正當性？

大概就在那時，我碰巧聽到某作家在收音機裡的言論。我不記得那人是誰了，但對我來說，他大有可能是神。他說，如果隔年一整年當中，不如我們以往所知，會有龐大數量的小說面市，而是沒有任何一本小說出版，那給世界帶來的影響，基本上是沒兩樣的。但這話不對，因為我猜想在經濟面上會有巨大的衝擊。不過我知道他想說什麼，而且還覺得這話是衝著我來的。我就是在那個當下告訴自己：妳一定要改變自己的人生。

我並不是沒有遺憾。有許多次，我有種糟糕的感覺，覺得自己是個虎頭蛇尾的人，因為懶或是軟弱，才沒能堅持住自己的夢想。但如果我需要證明自己做了正確的決定，只要仔細審視自己的閱讀就夠了。過去，我曾經是最熱情的書蟲，但幾年下來，我對閱讀越來越不感興趣，尤其是小說。也許這與我每天看到的現實有關，但那些活在虛構世界中的虛構人物以及他們遭遇的虛構問題，開始讓我覺得無聊。

有一陣子，我讓自己跟上潮流，跑去買下大家口中的大師傑作或所謂的美國文學鉅作，但我多半讀不完。要不，就是讀完了卻不記得。大多數時間，我幾乎一闔上書就忘了內容。最後，我差不多停止閱讀小說了，而且發現自己絲毫不覺得懷念。

如果她沒有停止寫小說，我問道，那麼她覺得自己還會對閱讀小說失去興趣嗎？

我不知道，她說，我只知道我做現在的工作，比讓我去做妳的工作，要快樂太多了。

也許這是個讚美，讓她覺得可以放心對我說出這些，不必擔心我聽了會難過。

學生從寫作學程畢業後，接著……放棄寫作。你跟我都很熟悉這種類型。每個班似乎都會有一個這種學生，而我們總是納悶不解：為什麼經常都是最具潛力的那個？（一號老婆正是如此。）

找一個物品來寫。寫寫某個東西為什麼對你那麼重要。可以是任何一樣物品。描寫物品，然後寫下這物品為什麼對你那麼重要。

有個女人寫香菸。她最好的朋友，這是她對香菸的稱呼。八歲就開始抽菸。沒有香菸，我絕對活不下去，她說，我最想做的事大概就是抽菸了。另外一個女人寫的是防身用的刀。她不是唯一選擇寫武器的人。但是，大約有半數女人寫的是娃娃玩偶。除了唯一一個例外，其他玩偶的下場都很慘，不是掉了、壞了，就是遭到某種方式摧毀。逃過悲慘命運的玩偶是藏在一個祕密處所，作者希望有一天能去拿回來。但她只願意說這麼多。當我提醒她要描寫物品時，她搖了搖頭。如果她那麼做，可能會招引來魔鬼，她說，那個玩偶會受到傷害，她就再也見不到了。

連續好幾個星期，我在搭公車回家的路上讀這些女人的作品，這些敘述開始連接起來形成一個大故事，就像一再被傳頌的同一個故事。故事中，一定有人老是挨打，有人受苦，有人被當作奴隸，當作物品。

有些苦難是：

相同的名詞是：刀、皮帶、繩子、瓶子、拳頭、傷疤、淤青、血。

相同的動詞是：脅迫、毆打、鞭笞、火燒、勒頸、受餓、尖叫。

寫個童話吧。

對某些人而言，這是幻想復仇的機會。但又一次，她們寫的童話裡充滿暴力和羞辱。老是出現相同的字彙。

所有的創作都有價值，你從前老是這麼說。即使最後沒寫出來，被丟進垃圾桶，身為作家的人一定也會從中學到什麼。

我學到的是：西蒙．韋伊說得對。**想像出來的罪惡是浪漫又多樣化的；真實的罪惡，既陰沉、單調、沉悶又無聊。**

這是你在世時，我們聊到的最後一個話題。之後就只有你透過電子郵件寄給我的書單，你認為那些書對我的研究會有幫助。以及，正逢新年期間，你順便祝我新年愉快。

第四部

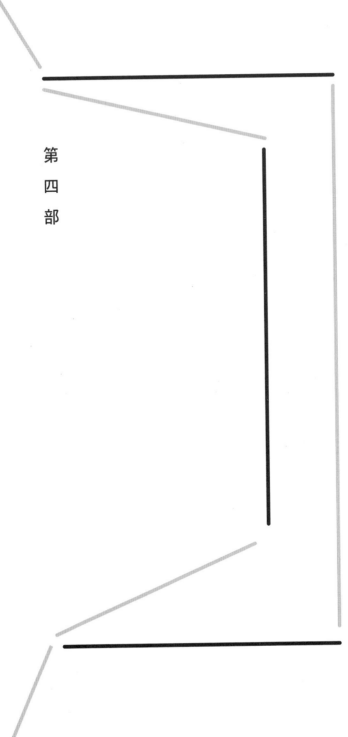

聽起來不太可能：一本人狗之間的愛戀回憶錄。

那個男人是：J．R．阿克立（一八九六年—一九六七年），英國作家，也是英國廣播公司雜誌《聽眾》的文學編輯。

那隻狗是：昆妮，德國狼犬。阿克立在昆妮十八個月大時買下牠，當時，他已屆中年，是個因雜交而聲名狼藉的鰥夫，而且早已放棄了找伴侶的希望。

那本書是：《杜莉與我》。名字的改動是編輯的提議，他一眼就看出了「昆妮」的問題[1]，因為阿克立是眾所皆知的男同性戀。

想當然耳，我第一次知道阿克立的大名，是從你這裡聽來的。他的書信集才剛剛出版。值得一讀，你說，就和他所有的作品一樣。但只有他的回憶錄讓你形容為不可不讀。

只要找出正確的調性，你什麼都能寫：讀那本書時，我不時想起這句名言。「關於狗的陰道、膀胱、屁眼能吞吐些什麼，書裡寫得比你我想知道的更詳盡。」一則讀者評論裡如此警告。事實上，《杜莉與我》中描寫的大半是母狗的發情期。有時讀者會忍不住想既然無可避免，不如鼓起勇氣作好心理準備，但事實上，書裡並沒有任何人獸交的場景。但若要說這一人一狗的關係不是親密關係，那就不夠誠實了。阿克立本人承認他會把同情的手放在牠火熱的陰部，而挫敗的狗會不停地擠向他。

考慮要不要重讀是很冒險的，特別是喜愛的書。我們大有可能改變想法，不再那麼愛那本書，無論理由何在。這種事對我來說太常見（而且年紀越大越常如此），後座力是那麼令人沮喪，以致我現在拿起從前喜歡的書都得小心翼翼。

文體對我來說沒問題，非常銳利風趣，如果硬要說，只能說故事比我記

1 昆妮（Queenie），這名字讓人聯想到同志圈裡的變裝皇后（drag queen）。

憶中更吸引人。然而味道變了。第二次讀這本書，我覺得作者沒從前那麼可愛。不只如此，我甚至覺得他有點惹人厭。他對女人的敵意——我之前怎麼會沒看出來，或者是我根本忘了？

女人很危險，尤其是女性上班族……她們為達目的不擇手段，而且絕不放手。

沒錯，整體來說，阿克立對人類沒太多感情。但厭女姿態倒是很清楚。女人不好，**因為**她們是女人。

能幹又富有同情心的獸醫康威小姐是個例外，據她的診斷，杜莉的行為之所以出狀況，問題在於心：**牠愛你，太明顯了。**

就像他愛牠一樣。這雖然明確，我卻不能理解他對待牠的方式。杜莉的行為嚴重失常。就狗來說，牠真是太可怕了，沒受過良好的訓練；個性緊張；興奮起來幾近歇斯底里；不合群；不但吠個不停還會咬人。牠的行為惡劣，連帶傷害了阿克立與他人的關係。朋友們因為他不肯更努力訓練牠而沮喪。他怪牠第一個家帶給牠的「精神傷害」，當時牠太常獨自在家，偶爾還會挨打。但他自己經常忍不住責罵牠或打牠，儘管他知道那麼做只會帶給牠困惑。

挫折，憤怒，暴力（以上是他自己的說法），這個模式難以避免。在杜莉生了一窩小狗後，阿克立家中原有的混亂變得更難以收拾，他有時會鍊住幼犬。

簡單做個結論，杜莉如果接受更好的訓練會是隻更快樂的狗，而阿克立自己的人生（更別提他的鄰居了）則會大有改善。但他又是個對支配統治權舉步不前的人。他膠著於杜莉必須享受狗生的想法。這表示牠可以去獵食兔子，必須有性經驗，要生養過小狗。但即使在生過一窩小狗以後，他仍然不忍心帶牠去結紮：**我怎能傷害一隻如此美麗的動物？**他良心不安歸不安，對於那窩他知道找不到好人家送養的雜種小狗卻不怎麼關心。心肝寶貝杜莉的需要勝過一切。牠的發情期不但把這一人一狗的日子搞得一團糟，還在倫敦造成大災難，讓一大群狗——就跟杜莉一樣，甚至在發情期也一樣——沒繫狗繩就跑出門。

一頁又一頁講述著牠因為性受挫而來的折磨。阿克立不但感同身受，也為此心碎。一季又一季，他們一起受苦。但他仍然不願帶牠去結紮。他對杜莉這部分的描寫悲慘到讓我想尖叫：你怎麼能**不**帶牠去動手術？

你雖然喜歡這部作品，我記得，對那樣的生活卻是退避三舍。在那樣的生活中，對一個人意義最重大的關係是架構在一隻狗身上——還有什麼比這更可悲的呢，你說。但我覺得阿克立經歷了最完整的、來自雙方的、無條件的愛，這是大家都渴望，但多數人永遠體會不到的感情。（有多少人找到了他們的杜莉？奧登這麼問。）這是一段十五年的婚姻，是他生命中最快樂的時光，阿克立說。後來，當牠病到他不得不讓牠安樂死時，他說：如果可以，**我會殺了自己殉節**。但是他沒有，而是繼續活下去。他寫作、酗酒，度過漫長灰暗的六個年頭。他喝了又喝，終至死去。

人跟狗。難道真是這樣開始，就如動物專家所想，哺乳期的母親收養了小狼，讓牠喝自己的奶，就跟自家寶寶一樣？這和神話中創建羅馬的雙胞胎兄弟故事完美吻合，對吧？羅穆盧斯與瑞慕斯甫出生即遭拋棄，一頭母狼暖了他們的身子還餵哺這對兄弟。

這裡容我打個岔，我不懂我們為什麼會稱呼耽溺女色的人為色狼。我們都知道狼的性格忠誠，只有單一配偶，還是犧牲奉獻的父母。

原住民說，狗為人帶來人性，我喜歡這個說法。同樣的（雖然我不記得這是誰說的）：看到狗有多愛人類，我才不至於徹底厭世。

阿克立對氣味異常敏感，對人類的身體反感，但杜莉的氣味沒讓他退縮，連牠的肛門腺都不會。即便牠大解時，他都能看出美感。

他對牠排泄器官的描述少於性生活，但篇幅依舊不少，而且細節讓人……

「液體和固體。」這是章節名稱。

我帶阿波羅散步時雖然都繫著狗繩，但是和阿克立一樣，我擔心狗在馬路上大便時——特別是大狗——會被車子撞倒。不巧的是，阿波羅蹲下的位置通常離人行道還有段頗危險的距離。我沒法像阿克立那樣，讓阿波羅到人行道上解決；我跟阿克立還有一個不同是，我總是立刻清理狗糞。我的解決方式是，每當阿波羅蹲到離人行道太遠而可能導致自己受到傷害時，我就站到牠和迎面而來的車流之間。沒錯，這麼做只是讓自己置身險境，但我想的是，但願這不至於太天真，希望駕駛人看到有人會更加小心，以免撞上。曼哈頓的駕駛人沒耐心，不少人衝著我叫罵。但我知道，還有另一些人，他們會減速通過。許多路人也是，但他們慢下來，是為了瞪著看。

在〈如何當個漫遊者〉中，你說你不認為遛狗是真正的漫遊，因為那和毫無目標的閒蕩不同，而且，因為要對狗負責，所以人不會進入出神的狀態。這些日子以來，我花了許多時間帶阿波羅散步，現在我沒法想像自己一個人要如何出門。然而，讓我沒法出神甚或想太多的，是牠吸引他人注意力的方式。不管何時，我都不喜歡接受陌生人的注目，但我發現阿波羅大便時，格外容易吸引目光，雖然牠絲毫沒有因為隱私受侵犯而感到困擾的跡象。更糟的是大家看著我鏟狗糞，這情況似乎會引發某種人的責任感。他們批評牠大便的份量，活像我不在場，不是在旁拿著桶子和小鏟子（這兩件工具本身就惹來夠多嘻笑了，但我對自己相當滿意，竟能想到把小朋友玩沙的桶子拿來套上一層塑膠袋，配上一支園藝小鏟）站在一旁。

我真為妳難過，有人說（還一邊笑）。或者：我愛妳的狗，但是我絕對不可能做妳正在做的事。

有少數人責怪我，說我根本不該養這種狗：大狗不屬於城市！

我覺得這很殘忍，有個女人說，把那種體型的狗拘禁在公寓裡。

噢，可是我們只南下這裡住一天，我回嘴，明天就要飛回豪邸了。

（是的，當然啦，我也遇過好人，多數是狗主人，還有些人，他們不多管閒事，或者會說些好聽、友善、聰明的話。但我們都知道寫好事不怎麼有趣，讀起來也一樣。）

液體：當我看到以公升計的液體湧出來，不禁要慶幸牠沒像其他公狗那樣抬起一隻腿；否則遭殃的不是輪胎蓋而是窗戶。

固體：說得夠多了。

此外，還有介於液體與固體之間的東西，那是大型犬的詛咒。我一天得替牠擦好幾次臉，我稱之為抹桌子。

我沒帶牠去找原來的獸醫，因為那表示我必須想出帶牠到布魯克林的交通方式，我改而帶牠去離我家步行可達的獸醫院。新獸醫懂得怎麼照顧阿波羅，但我對他小心翼翼，因為他這種人在說話時會把女人當白癡，把年長女人當作耳聾的白癡。我告訴他，阿波羅從來不和其他狗玩，連到了狗公園也一樣。他說，嗯，牠不年輕了，對吧？我相信，妳也不能像從前那樣跑跳了。

聽了阿波羅的故事，他聳聳肩。一直都有人拋棄狗，他說，狗願意為主人而死，但反之不會成立。（他顯然沒讀過阿克立那本書。）看看離婚率，我們不就知道人類的忠誠能值多少？他用令人不安的語氣說話。

有人告訴過我，獸醫之所以易怒，是因為職業迫使他們面對因人類各種愚蠢而生的疾病——毫無疑問，其中有許多問題是出自於把寵物擬人化。我記得，有個獸醫聽到我說我的貓一定是高興所以才發出呼嚕聲時，對我大翻白眼。呼嚕聲只是牠們發出來的聲音，不代表牠們**高興**，他厲聲打斷我的話。

這個獸醫則是直接告訴我，以阿波羅的年紀而言，牠的健康狀況相當好，但考慮到關節炎的情況，牠是不可能長壽的，他說，相信我，牠也不想活到太老。無論如何，妳都不能讓牠長胖。

他對拙劣的剪耳技術搖搖頭，指出其他讓牠稱不上大丹狗典範的缺點：和後腿相比，牠的肩胸比例太寬；脖子不是純白色，身上黑色斑塊的分配不怎麼對；兩隻眼睛有點太近；下巴有點太寬；腿偏粗。體格強健但整體稍嫌矮胖，缺乏真正的優雅。

他毫無困難地便相信了這隻狗在哀悼前主人，而環境多次改變，導致牠情緒惡化。（要是**妳**會有什麼感覺？他粗暴地問，好像憑我自己根本想不到這一點。）我把哭嚎以及幾個看似要取代哭嚎的可怕新症狀告訴他：阿波羅偶爾會有類似病發的狀況。牠會四處看，一副困惑不解的樣子。接著夾著尾巴蹲低，但沒真的趴下去。看起來像是要讓自己盡可能地縮小。接下來，牠開始發抖，時間從幾分鐘到半小時不等，就那麼無法控制地蜷縮著發抖。

任何看到這個狀況的人，都會說牠是以為自己馬上要碰到什麼恐怖的事了，我跟獸醫說，但我沒說這種發作讓我非常不安，好幾次我都哭出來了。

狗也有治療焦慮和憂鬱的藥物，但這位獸醫不愛用。藥效發揮作用可能要幾星期時間，他說，而且通常到了最後才發現藥物無效。

我們把藥物當作最後的方法吧，他說，至於現在，妳千萬不要讓牠獨處太久，還有，一定要和牠說話，並讓牠盡量運動。如果牠肯，也可以試著幫牠按摩。只是，別期望牠會變成一隻幸福快樂的狗。無論妳怎麼做，牠可能永遠無法復原，而且妳永遠不會知道原因。問題不只是妳不曉得牠的過去。大家覺得狗是單純的動物，我們老愛相信我們知道牠們腦袋裡在想什麼。但其實，我們現在發現狗比我們從前想的更神祕，更複雜，除非牠們學會我們的語言，否則我們永遠沒法真正認識牠們。當然，所有動物都是這樣。

牠很乖，不過我得警告妳，他說。妳個頭很小，牠大概比妳重三十五公斤左右。（這話聽得我受寵若驚。）對應這些強而有力大型犬的原則就是，別讓牠們知道你們體型懸殊的真相，別讓牠們知道妳沒法真的要牠們做牠們不想做的事。

講得好像阿波羅還不知道這事似的。不只一次，我們出去散步時，牠決定我們走夠了，便直接坐下或躺下，我怎麼做都沒法讓牠站起來。比起牠，我更氣那些停下來看、時而還大笑的路人。一次，有個男人想幫忙，站在一段距離外拍腿吹口哨。牠的回應像滾滾而來的雷聲——我第一次聽到牠發出這樣的聲音，充滿了威脅，嚇得那男人和附近其他幾個人飛快地走到馬路對面。

無論訓練牠的是什麼人，都讓牠了解了人類是老大，獸醫說，妳不會希望牠另做他想的。妳不會想讓牠覺得自己才是老大。當牠靠在妳身上時——大丹狗就是會這樣，妳要穩穩站好，別被牠推倒。讓牠躺臥在地上，花點時間搔搔牠的胸口。還有，拜託，讓妳自己回床上，牠去睡地上。讓牠**下去**才是訓練牠的方法。

我聽到這話的表情顯然惹火了他。

牠很乖，他又說了一次，這次大聲多了。別把牠養成壞狗。壞狗很容易變成危險的狗。

檢查完阿波羅加上訓斥我一頓後，我比較喜歡這位暴躁獸醫了。至於他的離別贈言，我就不怎麼欣賞：記住，妳最不希望發生的事，是牠開始以為妳是牠養的母狗。

養了阿波羅後，我經常想到寶兒——我二十出頭時那個同居男友養的大丹和牧羊犬混種狗。我初次見面時，牠還是隻小狗。寶兒長大以後幾乎和大丹狗一樣高，看起來也像，但有德國狼犬的膽識和侵略性。牠體型大，沒有結紮，支配慾強盛，衝到馬路上的模樣就像要找架打（唉，而且經常找得到打架的對象）。我們公寓所在的街區不是太安全，但只要寶兒在，我們連門都懶得鎖。我可以帶牠到三公里外的朋友家待到凌晨一、兩點，然後在陰暗無人的街道上走路回家。寶兒知道潛在的危險，你可以從牠緊繃和異常警戒的狀況判斷出來；牠像個長毛士兵；像士兵手上、扣緊扳機的槍。牠不只一次把流連在路口或大樓門口的人嚇得不知所措。（那些年，我住所附近的熟人大多數都碰過被搶、遭破門而入或遇到更糟糕的事。）寶兒隆隆的吠聲、嚎聲，以及牠擋在我和牠認定是威脅（包括只是看著我的陌生人）之間的姿態讓人毛骨悚然。知道牠會保護我——如果有必要，至死方休。這都是我愛牠的原因。

同時，當年我還**喜歡**我們吸引人目光的模樣。

但現在不同了。紐約的治安好轉，路上安全，反正我也不再會大半夜在路上走來走去。凌晨一、兩點時，我早已入睡。我不需要保護，不需要惡犬來保護我。我不要阿波羅覺得牠有必要對某人吠叫。我不要牠擔心，不要牠焦慮。我要牠覺得無論我們去哪裡都很安全。我不要牠當我的保鏢，不要牠當我的槍。我要牠放輕鬆，要牠當一隻幸福快樂的狗。■

牠想妳，住在我樓上的鄰居說。
下課回家時，我在電梯裡遇到她。
這表示：阿波羅又開始哭嚎了。
牠必須忘了你。牠必須忘了你，愛上我。必須如此。

第五部

「妳有沒有讀到那篇關於西藏獒犬的報導？」

我讀過《時代雜誌》上那篇文章，也這麼告訴她，但這個女人亟欲抒發，還是把故事再講了一次。

不過才幾年前，在中國，西藏獒犬是身分地位的表徵，是平均價值相當於二十萬美金的奢侈品，有些幼犬據說可以賣到超過百萬。熱潮來到高峰時，貪得無厭的繁殖場養出越來越多的狗。接著，這股燒退了。大家不再想養這種身價低、吃得多，有時難以控制的大狗。接下來是：大量棄養。小卡車上塞滿了狗，狗不只痛苦，還有許多都死了。等在後面的是屠宰場。

說真的，這不是我需要聽兩次的故事。

我經常遇到這個女人帶她兩隻脾氣溫和的米克斯母女出來散步。她從新聞故事切入她關於繁殖純種狗的冗長見解——之前她也和我分享過這些。米克斯是大自然的設計，米克斯才該存在。但是相反的，我們有的是什麼？愚笨的蘇格蘭牧羊犬、緊張兮兮的德國狼犬、殘忍的羅威納、耳聾的大麥町、拉布拉多鎮定到你拿槍對準牠們，都還不知道危險將至。長了毛卻動也不動像植物似的狗、跛腳、智障、反社會性格，骨頭太纖細或過度痴肥的狗；當你按照**人們**想要的特徵去繁殖純種狗，**這**就是你會得到的結果。培育純種狗應該列入犯罪。（當她說起獵犬會陷在豎直尾巴、指示獵物所在的姿勢裡無法抽離，我以為她瘋了，沒想到這個怪異的說法是事實。）

我想到五十或一百年後的狀況就害怕，女人說，前景堪慮啊。但到了那時候，她又加了一句，地球早已毀滅。這個念頭讓她稍得安慰，於是她牽著狗繼續走。

她離開後，我還在想那些藏獒。除了巨大的體型和讓牠們看起來像雄獅的濃密毛髮之外，藏獒還以強烈的保護慾以及忠誠聞名。人類因為這些特點而繁殖這些狗，當牠們被主人一群群趕上卡車時，不知作何感想？狗懂得什麼是背叛嗎？我想大概不懂。在那段前往屠宰場的路程中，獒犬心裡想的應該是：現在誰來保護我的主人？

題外話。有關動物受的苦，我們有什麼了解？證據顯示，狗和其他動物對痛苦的容忍度比人類高。但是牠們真正的耐痛力——一如牠們的智力——仍然是個謎。

阿克立相信狗的情緒和人類緊緊糾纏在一起，不斷想討好人類的個性會讓牠們的生活長期處於焦慮和壓力之下。但是牠們會頭痛嗎？他很好奇。我們連這一點都不知道。

另一個問題：比起看到其他人類受苦，為什麼我們看到動物受苦會覺得更難過？

拿羅伯特．葛雷夫斯筆下的索姆河戰役[1]來看：**死馬和死騾的數量多到讓人咋舌，看到人類屍體還好，但似乎不該把動物拖進這樣的戰事中**。

奧運選手、美國空軍飛行員，路易斯．贊佩里尼在二戰期間曾經是日本的戰俘，那段飽受折磨的期間帶給他許多可怕的回憶。但為什麼他最揮之不去的一段，是看到一名警衛虐待鴨子？

當然了，在上述兩個案例中，人類都是罪魁禍首。警衛凌虐鴨子更是病態。可是，難道動物不總是能得到我們的憐惜，又難道這份憐惜不是源自我們理解到動物無從知曉自身痛苦的來由（基於此一事實，有些人主張動物比人更痛苦、更難受）。我相信，人對動物的憐憫程度，與牠如何喚起一個人的自憐有關。我相信我們所有人必須保存一輩子的，是那些重要的早期經驗；是那些在我們近似動物就像近似於人的時刻，當我們被無助、脆弱、說不出的恐懼壓倒，當我們依本能索求唾手可得的保護而大聲哭喊的時刻。純真，是我們人類經歷過又拋在身後的特質，再也回不去。但動物由生到死都活在純真狀態，眼見純真受到侵犯——例如那隻鴨子，幾可被視作世上最野

1　一次大戰中，在法國北部索姆河流域一場規模最大、死傷慘重的會戰，也是人類歷史中，首度在實戰中使用坦克。

蠻的行為。我知道這種情感會激怒一些人，他們稱之為犬儒、厭世或乖僻。但是我相信到了我們不再能感受這種情感的那天，對任何生命體都是壞事，因為我們墮落到暴力及野蠻的速度只會更快。

有人問起我為什麼不再養貓時，我不見得都會據實以告，這和我從前養的貓怎麼死有關。牠們受苦，然後死去。

所有養過寵物的人都會經歷這道關卡。你的寵物病了，顯然病了，但是得什麼病，是哪裡不舒服？牠沒有辦法說話。

讓人無法忍受的是，想像你的狗——牠相信你是牠的神，相信你有能力讓牠不再痛苦，但你為了某某原因（牠是不是哪裡惹你不高興了？）拒絕去做。

詩人里爾克曾經提及，他看過一隻垂死的狗用充滿責怪的眼神看自己的女主人。後來他把那次經驗寫進小說，以主述者的角度說：**牠確信我可以阻**

止疼痛。如今事情很清楚，牠過去太高估我。剩下的時間不多，我來不及向牠解釋。牠一直看著我，驚愕又孤單，直到一切結束。

設想你我養的貓，個性驕傲、獨立、堅忍，而牠正試圖隱藏情況有多糟。

帶牠去獸醫院，診斷，嗯，最後終於經過手術，投藥。（別一直把那些該死的藥丸子吐出來！）接著是希望，然後是懷疑。我怎麼知道牠痛不痛，有多痛？這是我自私嗎？牠會不會寧願死？

這幾年來我一直在那裡頭，好幾次，太多次了，我抱著貓，獸醫安慰我：牠會好好地走。我母親也在場，她說，小寶貝一直到最後還是躺在我懷裡，發出呼嚕嚕的聲音。（我知道，那只是牠們發出來的聲音。）

我最後剩下兩隻貓，在其中一隻走後（同樣躺在我懷裡，但沒有發出呼嚕聲）——那隻貓和我同住了二十年，比任何人類都久——最後一隻貓就病了。牠在公寓裡來來回回地走，沒辦法休息，連一分鐘都不行。想想看，一隻失眠的貓。牠想吃東西也試著去吃，但就是吃不下去。牠的聲音變了，不安又急切地喵聲在說：幫幫我，妳為什麼不幫幫我。

超音波檢查的結果很糟。我們可以開刀，獸醫說，這個年輕溫和的女人穿著安撫人心的粉紅色手術服。但是要考慮牠的年紀。我考慮了，同時我還想到牠已經受了多少苦，以及另一項事實——牠已經十九歲，可能撐不過手術。另一個選擇，獸醫說，是讓牠安樂死。

阿克立多麼討厭這個「不誠實」的委婉說詞。但我覺得，他把「銷毀」這個字眼用在有感情的動物身上太奇怪。無論是他或其他任何人，都從未用過最誠實的字眼：**殺**。**殺**了那可憐的東西比較好。沒希望了，必須**殺**了牠。如果我們沒辦法幫牠們找到家，牠們會被**殺**。

妳想陪牠嗎？

當然。

要注射兩針，獸醫解釋，第一針先讓牠鎮定……

要注射第一針很困難，脫水之類的問題影響到牠的血管。一直到這一刻還一動也不動的貓有了警覺。牠伸出手掌碰我的手腕，抬起頭，轉動細瘦的脖子，難以置信地瞪了我一眼。

我不是說牠講了這些話，我只是要說我聽到的是：

等等，妳搞錯了。我沒說要妳**殺**了我，我說的是我想要妳讓我舒服一點。

獸醫這下子緊張了。我還來不及說話，她便一把撈起我的貓，朝門口走去，說：我馬上回來。

當時，我們在一家大型獸醫院，有好幾間病房，我完全不曉得她去了哪裡。

十分鐘後，她回來了。她把貓放在桌上，貓已經死了。

妳想陪牠嗎？當然。

我還沒意識到，話就說出口了：妳做了什麼？

我聽過一個研究，根據他們說，貓和其他動物不同，牠們不會原諒。（就像作家一樣，或許，據我認識的一位編輯說，作家連一點小事都不會忘。）

我的罪惡感會如此深，可能是因為在我所有養過的貓當中，這隻最不受寵，牠總是很冷淡，不願讓我抱在懷裡或腿上，但等我睡著後，牠會爬到我的臀邊。現在牠成了我沒辦法不想的那一隻。只要我在公寓裡找到一根貓毛或貓鬚，就會聽到牠在最後那段日子裡嘶啞狂亂的喵聲。不，我不想再養貓了。我再也不想看到另一隻貓死去，受苦然後死去。更別提我擔心的另一件事了：假如我真的養隻貓，要是我先死了，牠要怎麼辦？

如此這般，我才沒有成為養貓的單身老女人。我很高興，在這個網路時代，把貓當大神崇拜的古老觀念得以重生，而所謂「養貓的單身老女人」已經失去了原有貶意。曾經有個住院醫師告訴我，他在精神科實習時學到一件事：一個人養好幾隻貓，有可能是罹患精神疾病的跡象。想到曾聽說一些動物囤積症的恐怖例子，讓我覺得精神科專業人士能注意到這個特殊現象是件好事。但當我問他養**幾隻貓**算是踩到紅線時，他說**三隻**。

基於狗所擁有的驚人嗅覺，我知道，儘管養貓已經是多年前的事，但阿波羅注意到這屋子曾經是貓科動物的地盤。我納悶地想：對此，不知牠有什麼感覺？

匈牙利電影《忠犬追殺令》中，布達佩斯的狗挺身對抗壓迫者。如同所有起義，這次反抗活動也有一個領袖：哈根——小女孩莉莉心愛的混種犬。莉莉的父親拒絕繳納當地政府對混種狗課的稅，牠的苦難於是開始。哈根遭到遺棄後試圖回到莉莉身邊（同時，莉莉也盡可能地尋找哈根），但是沒有成功，牠先是遇到捕狗人，接著又碰上一個惡棍，後者用最殘忍的方式將哈根訓練成鬥犬。哈根初上場便殺了另一隻狗，這時牠才理解自己做了什麼事，以及他人加諸在牠身上的惡行。牠逃離訓練師的掌控後又遇到捕狗人，被逮進收容所，面臨被銷毀的命運。但是哈根再次逃脫，同時還解放了一大群狗，大家跟在牠身後衝上街。來自城市各個角落的狗加入這群奔跑大隊——有些還會攻擊——哈根集結了自己的軍隊。牠找出每一個敵人，殘暴地殺死對方。到了這時候，一度溫和的哈根已經變了，當牠終於在屠宰場——莉莉的父親在這裡擔任肉品檢驗員——的庭院見到莉莉時，牠齜牙咧嘴以對。畢竟她是人類，而開啟這場戰爭的父親和她在一起。哈根的軍隊跟在牠身邊，蓄勢待發，隨時準備攻擊。膽顫心驚的莉莉想起從前哈根很喜歡聽她吹小號（她在學校樂團吹奏的樂器），以及小號樂聲是如何安撫哈根的情緒。於是她拿出背包裡的小號開始吹奏。哈根鎮定了，躺了下來。接著所有的狗都安靜下來，也跟著躺下。莉莉繼續吹奏，延長這段和平的時刻。

電影沒有快樂的結局，因為我們知道，當然了，那些狗註定要死。但是牠們已經為自己復仇。

不難看出為何許多人都相信這麼一句話：音樂可以安撫野獸。我也信，直到高中有位英文老師讓我了解真相為止。

劇作家威廉・康格里夫寫的是：音樂擁有安撫激烈搏鬥的魔力[2]。但那只是我們的一個迷思：一隻狂暴或憤怒的動物被音樂安撫或馴服了。不過這也有點道理，畢竟我們就看到音樂給人類精神帶來的影響。

在《忠犬追殺令》中，狗在即將被安樂死之前，會被送進一個有電視的小房間，電視上播的是湯姆貓和傑利鼠的老卡通《貓咪奏鳴曲》（*The Cat*

---

2 原文的「搏鬥」為breast，亦作「胸膛、胸脯」解，易與「野獸」beast混淆。

Concerto），湯姆貓在卡通裡彈奏李斯特的第二號匈牙利狂想曲。

我不知道音樂是否能安撫狗的心靈，但是我在網路上查到，有人建議用音樂來緩解狗的憂鬱症。

（正在寫書嗎？憂鬱嗎？在尋找寵物嗎？你的寵物憂鬱嗎？）

但要哪種音樂呢？

我養過一隻兔子，而且放牠在家裡自由奔跑。我的起居室裡有一套音響，兩個偌大的揚聲器直接放在地上。每次我放音樂，兔子就會跑到揚聲器前面，一動也不動。通常牠會躺下來聽，要不就是打理自己的雙耳。但如果我放巴哈的清唱劇《善牧羊群》，牠會起來在起居室裡到處跳。

哪種音樂？歡樂的？柔和的？快版或慢版？還是第二號匈牙利狂想曲？舒伯特可以嗎？（呃，可能不要放舒伯特的音樂吧，據作曲家帕特說，舒伯特的筆灌了一半墨水一半淚水。）那麼邁爾士．戴維斯的《即興精釀》好嗎？

（我知道把狗擬人化很蠢，但有時候，愛就是以這個形式出現。）

我放了邁爾士・戴維斯給牠聽，放了巴哈，也放了帕特。我放了王子、愛黛兒和法蘭克・辛納屈。還有莫札特，很多很多莫札特。所有人的音樂對牠似乎都沒效果。我不覺得牠在聽。倘若牠在聽，我覺得牠也不在乎。

然後我想起自己讀過的一項實驗。研究人員對一組猴子播放莫札特和搖滾樂，讓牠們選，牠們選了莫札特。但是讓牠們選擇莫札特和安靜時，牠們選了安靜。

《忠犬追殺令》的部分靈感來自柯慈的小說《屈辱》。大衛・魯睿失去教職後便放棄在開普敦的人生，搬到東開普省，在那裡的動物收容所工作。魯睿的女兒露西在東開普有座她賴以維生的小農莊。看到那麼多沒人要的狗，看到牠們的命運，露西反思：牠們敬我們為神，而我們的回應是把牠們當成物品。

我收到一封公寓管委會的來信，表示有人通報我違反了租約。那隻狗必須立刻驅離公寓，否則——

那隻狗會不會有不好的下場？

第六部

這個故事的問題是，我一個學生（以下我將稱他為卡特）評論我另一個學生（以下我將稱她為珍）的作品：主人翁不像故事中的角色，她比較像真實世界的人。

他說了兩次，因為我神遊去了，不得不請他重複一次。

你是說，這個角色太真實了嗎？我問道，但我知道這就是卡特在講的問題。

我們正在討論的角色是一名紅髮綠眼的女孩，她和另一名金髮碧眼女孩的關連在於後者剛甩掉的前男友是她的新男友。作品中沒有提及男孩的髮色和眼睛的顏色，有關他的描述是個子很高。再過一會兒，另一個學生（以下我將稱她為薇芙）會說她想知道那個女朋友是不是也很高。這重要嗎？我藏起怒火問（雖然我不能這麼問薇芙，她討厭我要求她解釋任何事，而且還會不耐煩地回答：我問問不行嗎？）。

我也有問題想問。例如這兩個女孩為什麼想交談，她們會開車到對方家裡嗎？她們為什麼不用手機，或是先發個簡訊問對方是否在家？為什麼她們不知道上了臉書就能輕鬆找到對方的一些資訊？

這是學生寫的小說中最讓人不解的地方。我讀到過，大學生每天可以花多至十小時在社群媒體上。但是對他們筆下的人物而言——通常也都是大學生，網路幾乎不存在。

虛構小說裡不存在手機這種東西，曾經有位編輯在我稿子的頁面空白處這麼責備我，之後——到現在大概有二十年了——充滿科技的真實生活和毫無科技可言的小說之間的落差還是讓我驚訝。

我曾經想過，如果能有誰來當盞明燈，就這件事指點一下，那一定就是學生了。但他們一直沒能幫上忙。我得到最有趣的回應來自一名研究生，她正好也是一名五歲幼童的母親。她說，只要讀故事給他聽，她兒子就會不停地打斷她：他們什麼時候上廁所？媽咪，他們什麼時候上廁所？

我們不見得會把許多真實生活裡會做的事寫進小說中：我記住了。但是又沒有人會一天花十小時上廁所。

想想馮內果的抱怨，省略科技的小說扭曲了人生，正如維多利亞風格的小說，省略了性關係。

但那是另一個謎：**他們不只腦袋空空，雙腿間也一樣**。這話出自我認識的一個老師，他說的是工作坊學生筆下的小說人物。這位老師教書的資歷比我久多了，且即將退休。他還告訴我，也不見得一直如此。

我記得有一陣子性愛場面很多，他說，而且有好些都很變態。現在大家都怕冒犯人或觸發什麼麻煩。所以我們應該要感激。現在啊，在課堂上討論性關係可能會惹上麻煩的。

我認識另一名男老師，他在女子學院教書，因為把**妳的第一次性經驗**列入建議的寫作提示清單中，被一些女人檢舉而惹上麻煩。根據院長的說法，這位老師的作法會被視為——好吧，應該說已經被視為——性騷擾。

我上過學校要求的線上課程，**性平訓練**，才注意到任何口頭或書面提及的性行為——包括具暗示性的笑話和漫畫，或是有關自身或其他人之性生活的非正式對話，都列入性平管理範圍。寫作工作坊似乎也不例外。我擔心的是，我曾指定學生寫一個故事，內容必須包含自慰性窒息，但還好，我的學生完全沒想到。我先是啟發了他們，接著又擔心自己也許不該那麼做。

我承認自己只是草草瀏覽過教材，但看到最後的「測驗你知道多少」這部分還是嚇了一跳（「除了考生，沒有人會看到測驗成績」）。結果十題中錯了兩題。系統建議我回頭更仔細一點重讀相關段落。但何必花那個力氣呢，因為現在我知道了，沒錯，要是我發現哪個老師和學生約會，我**應該要**往上呈報；還有，要是哪個同事講了黃色笑話，即便我個人不覺得被冒犯，即便**並非**必須，但校方也**強烈建議**我舉報。

我要說的是，卡特說，我認識這個女孩。我可以確切告訴你們她長什麼樣子。

怎麼可能？有關這個女孩的長相，我唯一能告訴你的是珍所說的：眼睛的顏色，頭髮的顏色——學生通常都是這麼描述書中角色，把故事講得像是人物的身分證件一般，好比駕照什麼的。這種方式如此之尋常，讓我不由得想到，學生們一定是覺得把角色描寫得過度仔細很粗魯，會侵犯了隱私，而且最好是盡可能低調——也就是說不要形容。打個比方，如果有哪個學生描寫卡特，他會寫出他眼睛是棕色，但不提他脖子上那圈帶刺鐵絲網的刺青，或是他一直揉手腕，因為他在校園的星巴克煮了好幾個小時的濃縮咖啡。他們會提起他的棕色鬈髮，但不會寫出無論天氣有多熱，他幾乎永遠戴著黑色毛線帽。他們可能甚至會省略他銀幣大小的擴耳環——我每次看到都會直皺眉頭。

我可以把她的所有事情告訴妳，卡特說。

對我來說，這個主角和我從袖子上拍下來的一撮狗毛一樣薄弱又缺乏色彩。但是對卡特而言，問題不在於她太模糊，而是她太熟悉。

接著是他長年不變的評論：寫那種你在真實生活裡每天都看得到的人物

有什麼意思？

危險，弗蘭納利．歐康納稱這種讓學生互評小說稿是：瞎子帶瞎子。

卡特自己的文學野心，是成為下一個喬治．馬汀。他正在寫的小說有史詩般的衝突，書裡幾個虛構王國為了追求權力、統治和復仇而進行永無休止的戰爭。然而，和他的偶像不同，他不能寫性愛暴力的場景。他筆下完全沒有性愛，幾乎連女人都沒提。當班上學生質疑這本沒有任何重要女性角色的小說時，卡特只是聳聳肩，什麼也沒說。但當我們兩人在我辦公室裡時，他說，其實他的小說裡是有女人的。而且有性愛，他說，一大堆。大部分都很暴力。有強暴，有輪姦，有亂倫。

因為是在寫作工作坊，我把那些段落全刪了，他說。

我問他原因，他翻了個白眼。

妳在開玩笑嗎？妳知道大家會有什麼反應。我是說，那些女人會怎麼反應？我大有可能被踢出校門。

我說那是不可能的事，他不相信。今天他戴著他的黑色毛線帽（噢，他在看什麼[1]？），帽邊壓到眉毛，讓他看起來像個克羅馬農人。他的耳垂被擴耳環撐開，很像他小說中的那些半人有下垂的耳朵。

嗯，我不想冒險，他說。可是，相信我，該有的全都有。所有粗暴的場面，他補充道。這觸發了我的某種情緒。他注意到了。

可是如果**妳**想看，他說，我會讓妳看。

我不覺得有這個必要，我結巴了，而他給了一個「我懂」的得意笑容。

我大部分學生都這麼做。我有些同事這麼做。出版從業人員也這麼做。如果作者是女人，大家都更可能這麼做。但這個習慣——以名字直呼你從未見過的作家——是從什麼時候開始的？

布魯克林有書展。我在第十四街搭上二號線。車廂全滿，我看到兩名中年人，一男一女，他們的座位離我不遠，但也沒近到足以聽得見他們的對話。從身體語言來判斷，他們是朋友或同事而不是伴侶。憑直覺，我認為他們不是要和我到同一個地方。半小時後，他們在大西洋大道站和我一起下車。週六晚上，巨大的車站裡擠滿人，我很快就看不見他們的身影。書展活動的地點在車站幾條街外的展廳。我到達時直接走向酒吧，一眼就看到他們——二號線上的男女在我前面排隊。

這學期，我和另一位老師共用一間辦公室。她是新來的老師。事實上，這還是她第一次教學。巧的是，這個年輕女人幾年前曾經是我的學生。在同一所學校上同一門課程。

1 毛線帽原文為 watch cap。

她有時會在辦公室裡冥想，空氣中瀰漫著她點的蠟燭散發的含羞草及橙花香。

我們沒有同一天的課，所以通常碰不上面，但是我們會透過訊息和紙條聯絡，有時，她會貼心地留個點心給我，例如餅乾、巧克力或一小袋烤杏仁。有一次我生日，她在辦公室裡放滿了花。

這個女人在學生時代就有驚人的成就，她賣掉藝術創作碩士的論文，也就是她的第一本小說（而且才寫了一半），第二本連影子都沒有的小說也順帶賣了出去。第一本書甚至還沒出版，她便迅速拿下一連串頒給傑出潛力新人的文學獎——總獎金幾乎高達五十萬美金——她在我們這個圈子開始以「傑出新人」聞名。

果然，書出版後，她的處女作大獲好評，但儘管有好評，儘管那本書又拿下另一個文學獎，卻沒能夠大賣。在我們的小世界裡，「傑出新人」仍然有名，是「那個囊括一切的女孩」。但在外頭的大世界裡，小說出版兩年後，就連那些很留意新小說的人，都對書名和作者不太有印象了。

那不算什麼新聞，也稱不上世界末日。但試試看這麼去跟兩年來寫不出東西的「傑出新人」說。

她本以為教學會有所幫助，或至少能讓她做點有用的事。學生時代的她雖然內向，但有著自信的光芒。但是當上老師的她卻不知所措。她和多數學生的年紀差不多，甚至比幾個學生還年輕。她很清楚，大家看得出她沒有經驗，也知道自己缺乏威嚴。她的聲線高又單薄，帶著天生的顫音，而且焦急時容易臉紅。

她對女學生比較刻薄，覺得她們刻意和她過不去，而且一直對她散發出女人對女人——尤其對努力又有野心的女人——那種「妳以為自己是誰」的負能量。男學生中，已經有三個對她放電，有一個成功地用目光脫她的衣服，害得她發現自己在課堂上會不知不覺用雙手環胸。更糟的是，她覺得自己深深受到他的吸引。

有時候，她上課前會驚慌失措。冥想便是為此準備，偶爾她還得加上抗焦慮藥物。

「傑出新人」備受折磨，她擔心的不只是可能再也無法寫作，還怕自己的生命是個謊言。她到目前為止的成就都是一些錯誤帶來的結果。當初怎麼會有人想出版她的書——為什麼會有人覺得她能教書——真是不懂！至於她的第二本小說，無論出版社同意她延遲多久，她都知道自己絕對辦不到。

「傑出新人」生活在恐懼當中，她怕被人揭露出她不只是個失敗者，還是個冒牌貨。**還有，大家可以別再叫她「傑出新人」了嗎！**

我提醒她，其他作家也有一模一樣的自我懷疑，也許（甚至特別）包括那些最偉大的作家，但是我的提醒沒有用。同樣沒用的是，引用卡夫卡在《變形記》裡說的「深入骨髓的不完美」。

另一個和「傑出新人」同時期進學校的老師說，他偶爾會聽到「傑出新人」關起門來哭泣，其中有一次是因為她極力想寫出兩頁針對學生論文的簡單報告。

一天，我應系上規定去旁聽她的課，我看到那個讓她承認自己受吸引的男學生，他露出溫柔貪戀的表情凝視她。我沒把觀察所得寫進報告裡：我認為她和這個學生有了戀情。希望我運氣夠好，她不會把祕密告訴我，不會尋求我的建議。

我看得出來，總有一天會出這種事：我會在某個地方，也許是美妝店、某個沙龍，或是作客時在主人家的浴室裡。我會聞到一縷特殊氣味，含羞草或橙花，但我不會想起來那是「傑出新人」在我們辦公室裡點的蠟燭，因此，我會困惑怎麼自己有這些反應：警覺地打了個顫，彷彿靠心電感應得知我認識的某人有麻煩了。

我和「傑出新人」共用的辦公室對面，是年度傑出客座作家的辦公室，但他向來不在。他沒有固定的上班時間，而且要學程祕書把郵件轉寄到他家，而不是他在學校的信箱。如果他來上課，他會直接到他的寫作工作坊教室。只有少數他的同事曾經遇到過他，但他對大家都視而不見，拿他們當透明人。開學時，他請院長告訴系所，說他不打書。他自己在上課的第一天就告訴學生：我不寫推薦函。**問都不用來問**。

你聽到這些事時很生氣：當年他要我幫他寫信給古根漢獎時，我就該這樣回答**他**。

開學後沒多久，他在邦諾書店有場朗讀會。觀眾稀少，但他並沒有因此洩氣；他朗讀了將近一小時。

在提問時間，有人問為什麼他那形式跳脫常軌的書仍然稱為小說，他回答，因為我說是就是。

他為讀者簽名時，有個女人催他盡快寫下一本書。因為，你知道，她真摯地說，外頭都沒東西可看。

在邦諾書店。

從新聞中，我得知：三千兩百萬成年美國人無法閱讀。從一九九二年到現在，詩的讀者縮減了三分之二。一名擔心自己在紐約市過不下去的女無殼蝸牛族決定寫小說（「而且進展順利」）。

第七部

一號老婆住在國外。她飛回紐約參加追思會，在返家的前一晚，我們共進晚餐。

「我知道妳比我更難過。」她體貼地說：「我們曾經是夫妻，但那已經是很久以前的事了。離婚後，我們之間什麼都沒有，沒有友誼，沒有聯絡。當時不得不如此。老實說，一開始，我以為自己不會參加追思會。但是我想，妳懂吧，做個了結。無論那是什麼意思。」

如果是自殺，追思會上有人說，就不可能了結。

「可是妳，」她說：「那麼久以來，你們一直是那麼好的朋友。我以前多羨慕啊。我常想，如果他和我沒談戀愛，**我們**也可以有這樣的友誼！」

但當時妳也沒抗拒，對吧。你們愛得那麼濃烈，濃到猶如被下了咒語。那樣熾烈的激情只有少數人經驗過，其他人只能聽說，只能夢想。

即使到現在，我仍覺得，你們的愛情是傳奇：美麗，熾熱，註定失敗。

我記得，靠近你們就像接近一座熔爐。我也還記得，我曾經想過，如果進展不順利，你們其中有一人會死去。你自己說的，你覺得自己好像在做某種禁忌的事，甚至像犯罪。而她呢，從小受天主教教育，相信那種宛如偶像崇拜的愛情是罪孽。當然了，到最後，也就是讓二號老婆感到絕望的並不是你的花心，而是相信這樣的愛情一生難再有，無論你對她的感情如何，永遠無法與你對一號老婆的感情劃上等號，她始終恐懼的是，一號老婆仍然擁有你的心。

如果我們沒愛上彼此就好了：她一直這樣說。

「搭計程車來的路上我一直在想。記得當年我們多崇拜他嗎？我們簡直是他的愛慕者？當年大家是怎麼叫我們的？」

「文學圈的曼森家族[1]。」

「噢，天哪，對。嗯，我怎麼會忘了。」

我記得當年，我們全神貫注聆聽你的每一句話，搶著買你提到的每一本書和每一張專輯。

我記得，我們所寫的一切，只是針對你風格的可悲模仿品。我記得你如何讓我們相信總有一天，你會拿到諾貝爾獎。**現在，他只是另一個死白男**。

他寫得不錯，我說，比大部分作家好。

「但我聽說最後兩年他寫得不多。」

是不多。

「他看起來情緒低落嗎？他有沒有提過自殺的事？我不是問問而已，我因此失眠了好幾天。他為什麼辭去教職？」

我把你種種的抱怨告訴她，這些怨言，和我們每天從其他老師口中聽來的差不多：一流學府的學生竟然無法判斷句子的好壞；出版界不再關心作品怎麼寫出來的；書籍已經走到窮途末路；文學垂死；作家的名望已經落得如此之低，更讓人百思不解的是，為何每個人和他們的阿嬤都把作家身分當成通往榮耀之路。

我告訴她，你對小說的意義失去信念——今天，無論寫得多好又多有意義，也沒有任何一本小說會對社會帶來深遠的影響。在這時代，大家甚至無法想像林肯在一八六二年和史杜威夫人見面時曾說，**就是妳這位小婦人寫下那本引發大戰的書**[2]。

如果林肯真的說過那句話。

這時，我想起那篇訪談。

怪的是，竟然會忘了那篇訪談，就算只是短暫的遺忘也一樣。我現在才發現那可能是你的最後一篇訪談，刊登在中西部文學月刊的創刊號上。

---

1 一九六〇年代末，查爾斯．曼森（Charles Manson, 1934-2017）領導的邪教犯罪團體，多數成員為女性。

2 史杜威夫人（Harriet Beecher Stowe, 1811-1896）所著的《湯姆叔叔的小屋》影響之大，甚至有人認為這書是激化美國內戰的原因之一。

訪談中，你預言日後將會有一波作家自殺潮。

你覺得那會在什麼時候？

很快。

我記得我很驚訝你竟然沒提過那篇訪談。若非另一個朋友轉發給我，我可能根本沒看到。

我沒提是因為我覺得尷尬。我事後才發現我的論調顯得——傷感又自憐。我喝了幾杯酒。

我想起採訪者問了有關讀者的老問題，想知道你是否為了某個特定讀者而寫。這個問題勾你聊起對作家與讀者關係的看法，以及那種關係有多大的改變。從前你還是年輕作家時，曾聽人說，千萬別假設讀者不如你聰明。你認真看待這個忠告。你寫作時，心裡有個讀者，你說，有個和你一樣聰明——或更聰明！——的讀者。某個對知識好奇，有閱讀習慣，和你一樣愛書的人。後來隨著網路興起，你有機會讀到真實讀者的回饋，在這些讀者當中，你滿意地找到一些或多或少符合你理想讀者的人。但問題是其他人——不只一、兩個，算起來數量還不少——錯解或誤讀了你想表達的意思，有些還很嚴重。你和其他作家一樣，現在才發現自己經常為了從未想過的事、從未表達也絕不會表達、甚且和你信念幾乎相反的事受到責難或讚美。

你說，這一切讓你大感驚奇。因為，雖然你知道該為每一本賣出去的書而高興，也知道該對每一位讀者心懷感激，畢竟這些人大可選擇其他上百萬本的書，卻選中了你，但是你真的很難開心面對一個完全錯讀的讀者，老實說，你寧願這樣的讀者去讀其他人的書而不是你的。

事情不一直是這樣嗎？

確實是。但在過去，作家不必知道，問題沒那麼惱人。

不是說「相信故事，不要相信講故事的人」[3]？還有，不也說過書評家的工作是從作家手中搶救作品？

所謂「書評家」，妳知道，勞倫斯指的不是自我任命的那些。我樂意見到可以從作家手中搶救一本書的讀者評論。

呃，我想在這裡唱個反調：這麼說吧，假如我邀請幾個人到家裡用餐，為他們準備了美味的燉牛肉。結果他們狼吞虎嚥吃完，然後說，哇，這是我吃過最好吃的燉羊肉！那又怎麼樣？難道不是他們覺得好吃最重要？

噢，我們講的是晚餐嗎？嗯，讓我這麼說好了：如果我寫下**牛肉**兩個字，而有人硬要解讀成**羊肉**，那麼我不會小看這件事。大家聊書的態度，好像把書當成別的東西，例如一道菜，或是電子用品、鞋子那類的產品，任由消費者評分——真是個該死的大問題，你說。即使對那些野心勃勃的作家，你的學生似乎不在意作品是否成功表現了作者的意圖，只顧自己是否喜歡那本書。你會看到報告上寫著「我討厭詹姆斯．喬伊斯，他太過自我」，或是「我不懂為什麼我應該要讀和白人問題有關的書」。你會看到一堆充滿怒氣的消費者評論，指責如果一本書不能印證讀者已有的感覺——讓他們能夠認同，讓他們能產生連結，那麼作者根本就不該寫書。大家喜歡熱鬧的故事，還很愛分享——讀書會成員說，我讀小說時，喜歡看到書裡有人死；有人抱怨《安妮日記》沒什麼情節，然後故事還突然斷掉——沒能逗**你**發笑。噢，你很清楚有一大堆人——包括其他作家——會指責你矯揉造作。有些人說，到最後，一個讓藝術家判斷自己作品失敗與否的可靠方法是，大家看懂了沒。如果每個人都懂，那麼作品就失敗了。但真相是，普遍存在的草率閱讀讓你如此沮喪，以致你從前認為絕不會發生的事確實發生了：你開始不在乎大家會不會讀你的書。雖然你明知說這種話會讓編輯蔑視你，但是你越來越贊成不知誰說的：沒有哪本真正的好書會有超過三千名讀者。

「噢，天哪。」一號老婆說。

訪談尾聲，你繼續談導師和教學的主題，並且大肆抨擊禁止師生戀的新

---

3 這是引用D．H．勞倫斯的名句。

規定。

真是胡說八道，講什麼要讓大學成為安全的地方。想想看，如果首要優先確保的是每個人的**安全**，那些生命中原本可能發生的美好事這下全沒希望了——所有偉大事物就這麼埋沒，沒有人去創造、去發現，甚至去想像。誰想要活在那種世界？

「天哪，天哪。」

那篇訪談中，我唯一沒聽你說過的，是自殺的部分。

我喝了幾杯酒。我要他們在出版前先把訪談給我看，但那爛人一直沒傳給我。

我把那段女學生不願被喊「親愛的」的插曲告訴一號老婆。有件事我沒告訴她，這事我之前忘了，也是到現在才忽然想起來：訪談那天你心情不好，你把原因告訴了我。你懷疑，在把你最新作品交給出版社之前，你的經紀人沒有先讀過。

聽說雜誌社要關了，真好，反正那是本不入流的小雜誌。

「我會睡不著覺是這樣的，」一號老婆說：「我讀過一篇文章，說幾乎每個自殺未遂的人都表示後悔。比方跳樓的人，一跳出去就知道自己做錯，他們其實不想死。」

這我也聽過，不過是另一個時代的另一個故事，那個時代的法醫應該是從投水——如果我沒記錯，地點是塞納河——自殺的人身上得知，為愛而投水自盡的人會掙扎著要爬上岸，因破產而跳水的人則像石塊般下沉。

我們知道，老去是最難的事，相較於其他人，對你來說更難——一個曾經想要哪個女人都能得手的男人；有一群愛慕者全神貫注聆聽你的一言一語，相信你會拿下諾貝爾獎。

即使那只是一群像我們這樣的死忠傻女孩。

我們開始引起他人的目光。兩個女人低頭看著主菜，手牽著手，用餐巾輕拭眼角。

後來，當她在通訊軟體上第一次看到阿波羅時，她說：「老天爺！我不敢相信他們竟然把那樣的大塊頭丟給妳。難怪沒人要牠。」

我臉上肌肉抽了一下。我無法忍受有人說阿波羅沒人要。我記得，聽到我說有很多人會想養這麼漂亮的狗時，一號老婆聳聳肩，說：如果牠是幼犬也許有可能。

「而且，如果這樣可能會讓妳失去妳的公寓，我不懂他怎麼可能會希望妳認養牠。」

「若不是我沒跟他說過我不能養狗，就是他忘了。」

「可是他也從來沒問過，好像妳無權拒絕似的。我無法想像他在想什麼。」

但是我可以。因為我想像過許多次：在掠過你腦海的諸多問題中，有一個就是：那隻狗會怎麼樣。

我知道另一起自殺案例，當事人處理的最後幾件事中，有個行程是把狗帶進收容所。簡直不忍去想最後的道別。

你沒有寫下來：和多數自殺者一樣，你沒有留下隻字片語。你也沒有修改多年前立下的遺囑。但是你確定你的妻子會知道。

她一個人住，沒有伴侶、小孩，也沒有寵物，她大部分時間在家工作，而且她喜歡動物——這是他說的。也許你曾經在某個時候考慮過找我討論，說不定你打算那麼做。只不過……我聽說，自殺者通常是隨機選擇時間，處於此時不做何時做的情緒中，停下來草草寫個告別信的時間，都可能讓他們失去勇氣。（遲疑必無所失[4]。）

也許你擔心，如果我們真的討論了——討論你死後狗該怎麼辦，我可能

---

4 與諺語「遲疑必有所失」相反。

會猜到、或至少懷疑你在盤算什麼。

我告訴她阿波羅算老狗了，而且這個品種壽命不長，獸醫表示也許最多再活個兩年。聽我這麼說，一號老婆說：「那更糟。如果是幼犬我還懂。但是妳要拿那種體型的老狗怎麼辦？等牠老了、衰弱了，妳要怎麼照顧？」

這個想法以及其中的暗示，我當然早就想到了。

「我不知道，」她說：「我覺得這整個狀況有點混亂。」

啊。從我聽到你的死訊之後，我難道不是經常覺得自己離瘋狂邊緣只有寸步距離嗎？最初，我會發現自己身在某處，卻不知道是怎麼到了那個地方；我會出門辦事，但忘了要做什麼。有一天，我沒帶不可或缺的教學筆記就跑去學校。我會搞錯和不同醫生約定的時間，走錯診間。學生為什麼瞪著我看？我是不是說錯了什麼，還是重複了五分鐘前剛說過的話？又或者我只是在想像他們瞪我？

系祕書送了張慰問卡給我——好討厭，好感人，害我哭了一小時。

阿波羅來和我同住以後，這種事件少多了。但是虛幻的雲霧流連不散。我有時覺得自己真的身在童話故事中。大家說，妳如果被趕出去怎麼辦，妳不能坐等奇蹟從天上掉下來。我想著，可是我等的就是奇蹟！

有些故事中，主人翁必須接受考驗，我就是在那樣的故事裡。有些寓言中寫著，某人會遇到需要協助的陌生人——可能是人，也可能是野獸。如果這個人拒絕幫忙，他會受到嚴厲的懲罰。如果這個人仁慈地幫助有需要的人——通常是富人、皇家成員或經過偽裝的強者，他會得到報酬，大多數時候——這時對方高貴的身分已經揭露——回報的通常是愛。

有個故事我很喜歡。女演員葛麗泰・嘉寶去看考克多導演的《美女與野獸》。影片最後，當咒語打破，野獸變回高貴的王子，演員尚・瑪黑帥氣現身時，有人聽到嘉寶大喊道：把我美麗的野獸還來！

這類故事中，偶爾會有狗出現。比如伊斯蘭故事中，一名妓女拿水給差點渴死的狗喝，這個舉動討得神的歡喜，於是赦免她所有的罪，讓她得以進入天堂。

「牠不是可愛的幼犬又不是牠的錯，長得這麼大也不是牠的錯。說來瘋狂，但我有種感覺，假如我不收留牠，會有壞事發生。如果牠得再搬一次家，牠可能會因此出現很多問題，最後不得不安樂死。我不能見死不救。我必須救牠。」

一號老婆說：「妳在說什麼啊？」

這件事的核心難道是瘋狂？我是否相信，如果我對阿波羅好，無私地為牠犧牲、愛牠——這個美麗、老去、憂鬱的阿波羅——那麼有天早上我醒來時，牠會不見，而你會從死之國界回來取代牠？

■ ■ ■

赫克多向房東舉發我後開始愧疚，每次看到我，就一副尷尬的模樣。

對不起，他說，可是妳知道，妳知道——

我知道你有你的職責。

牠很乖，他說。

發現阿波羅讓他摸頭，赫克多似乎很感動，活像是他以為阿波羅會知道他做了什麼事。

妳有地方去嗎？

還沒有，可是事情會順利的，我無憂無慮地告訴他，而且我是真心的：我的生活變得如此不真實，以致收到公寓管委會的第二封信時，我瞄一眼就把信丟了。

好可惜，赫克多說，這麼漂亮的動物。我很抱歉。

不是你的錯。

為了證明我沒怪他，我打算今年聖誕節給他的小費比去年更多。

我分辨不出阿波羅是喜歡按摩，或只是在忍耐。但是我持續這個習慣，先讓牠往一邊側躺再轉向另一邊，中間停下來為牠按摩胸口。牠似乎最喜歡我按摩牠胸口。牠不喜歡我碰牠的腳掌，但我內心的小頑童一直想試試看。

牠逐漸習慣這個家，習慣我，但我去學校把牠留在家裡的時間除外。即使分開，我也一直想著牠，急著回到牠身邊。牠會到門口歡迎我（還是說牠一直待在門口？），但從牠急切的表情看來，等待並不是件容易的事。（牠的記性有多好？如果像大家講得那麼好，那麼牠獨自被鎖在家裡會有多難過。而且——這想法讓人心碎——牠等在門口是否仍舊為了你？）

沒錯，牠的尾巴左右搖，但搖得鬱悶，從來不是大丹狗著名的、既快樂又熱烈的前後搖動（有可能搖到會傷及自己的尾巴或損及家中的物品，這也是許多飼主選擇替牠們剪尾的原因）。

我把充氣床墊放回衣櫥。故事沒有到此結束。牠再也沒對我吠，當我說**下去**時，通常不必說兩次。但是牠仍然喜歡上床，尤其是晚上。（我試過要牠考慮用充氣床墊但牠不肯。）獸醫雖然說過，但我看不出不許牠上床的必要性。畢竟，許多人都會讓狗上床睡，有些人還會在床尾放條特別的毯子給狗睡。如果阿波羅是隻玩具貴賓，那麼讓牠睡在床尾的毯子上就沒什麼稀奇。但為何當狗長得跟人一樣大，伸展身子躺在牠的枕頭上就不一樣呢？我知道這不同。但容我說句話：當你夜裡滿腦子都是你朋友為什麼要死、你再過多久會失去你的棲身之地時，有個碩大溫暖的身子貼在你的背上，真的能帶來莫大的安慰。

牠聽得懂所有指令。

某日，我度過了一個悲慘的白天——遺失手機，上課無精打采，想重拾寫作卻辦不到。晚上，阿波羅有了動靜，牠想下床，我發現自己說，**別走**。

我發現有幾個朋友避著我，我忍不住想，他們之所以這樣，至少有部分原因是怕我哪天出現在他們家門口，還帶著阿波羅和行李箱。

最同情我現在狀況的朋友打電話來詢問我近況。我告訴他，我試著用音樂和按摩來處理阿波羅情緒低落的問題，他問我有沒有考慮找諮商師。我告訴他我對心理醫師存疑，他說，我不是那個意思。

學期結束了。我告訴我的家人，這個聖誕節，我沒辦法回去陪他們過節。開學前一整個月的假期，我幾乎不必離開阿波羅。即使在最冷的時候，我們也會出去散步，不停地走。我們喜歡冷天。我們喜歡冬天的紐約，這時人行道有更大的空間，伸長脖子看我們的人比較少。而且天冷時，阿波羅沒那麼頻繁地停下來休息。

管委會辦公室寄來了最後通牒。我忽然想到，我不如直接找房東談談。誰知道，說不定那男人不是沒心肝的混蛋，而是個充滿愛心的人？何不來個聖誕節奇蹟！至少我可以求他給我多一點時間。

我打電話給管理委員，向他要我房東在佛羅里達州的電話。

我們不把電話給人，他說。

十二名作家——六男六女——為日曆拍攝裸照。我收到一封電子郵件，要我別錯過獨家優惠：立刻預購有十二名作家簽名的限量版。

這讓我嚇了一跳，想起在一場小組會談中，有人提出一個主題：文學界的尊嚴及其日益縮小的地位。看著好了，你說，接下來就是作家的裸照。會議室裡所有的人都笑了，只有你板著一張臉。

除夕夜，我留在家裡看《風雲人物》[5]，這很可能是我第一次看這部電

5 一九四六年的美國電影，靈感來自狄更斯的小說《小氣財神》。

影。我沒打開學生送的香檳，她今年要申請三十多所學校的藝術創作碩士課程，香檳是她為了感謝我幫她寫推薦信的禮物。

最同情我現狀的朋友組了一個遊說團。接下來的那個星期，電話接踵而至，訊息如雪片飛來，其中有些來自和我失聯多年的人。

他們不想看我失去住處。他們要我恢復理智，免得太遲。我需要一個更好的方式來處理我的失落感和愧疚。我需要治療我的喪友之痛。有人給我一些諮商師的名字。也許我該考慮服藥。他們還給我一些網站和支持團體的聯絡方式。躲進幻想世界、自我孤立和把時間花在一隻狗身上，都無法讓人康復的。竟然有所謂病態性哀傷反應這種事。有個奇妙的想法是，把這個哀傷反應看成是一種失智現象。依遊說團的看法，這正是我的狀態。

雖然沒有人自願收留阿波羅，但他們給我各種慷慨的提議。

在這麼多人當中，偏偏就是二號老婆這麼說：我的小孫子很喜歡狗。如果養一隻大得可以當馬騎的狗，他一定會很開心。

那麼所有問題都解決了，一號老婆說。

我說，你絕對不會原諒我。而且二號老婆會這麼說，難道不奇怪嗎？

「妳這話什麼意思？我覺得她只是想幫忙。」

「幫忙？這女人一向恨我，程度幾乎不亞於她恨妳。我絕不可能信任她。別忘了他們那段婚姻充滿了痛苦和憎恨。我不會把阿波羅交給她身邊的任何人。」

女人很危險，她們為達目的不擇手段，而且絕不放手。

一號老婆覺得我是在妄想。但我不是沒聽過這種事：人為了報復，會找對方無助的孩子或是寵物報仇。

你絕對不會原諒我。

「那麼妳打算怎麼辦？妳不能坐等奇蹟從天上掉下來。」

可是我等的就是奇蹟。

第八部

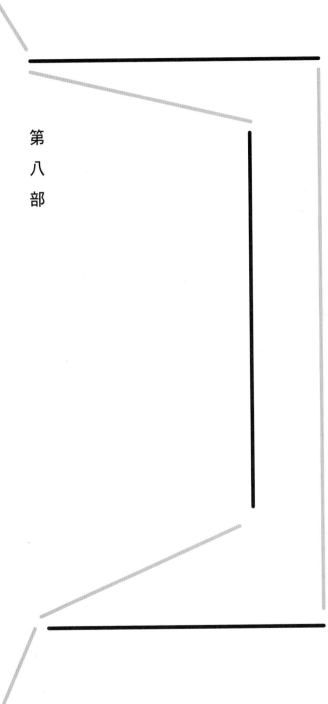

經常有人建議作家：大聲朗讀你的草稿。我太懶，通常不會這麼做。但最近，我會嘗試任何能讓我在書桌前坐得更久的方法。我拿起剛列印出來的初稿開始讀。我聽到身後有聲音，原本睡在沙發後面的阿波羅費力地站起來。牠小跑到書桌邊（我坐下的高度，正好讓我們四眼相對），凝視我的樣子，彷彿我在做什麼重要大事。又或者，雖然我們今天已經出門散步很久，但牠還想再出去。

讀完一頁時，我停下來思考。阿波羅用鼻子頂我，吠了一聲，聲音非常低沉，但也就只一聲而已。牠往前走了幾步，再往右走一步，接著又往後退一步，一直歪著頭，這是牠說**搞什麼鬼**的方式。

牠是想要我繼續朗讀！不管這是真的還是假的，反正我繼續讀就是了。但我沒多久就停了下來。

大聲朗讀你的句子，那個建議是這麼說的，你會聽到不對勁和行不通的段落。我聽，聽著。不對勁和行不通的段落。**我在聽**。

跟我讀句子給自己聽沒什麼不同。

我環抱起手臂靠在桌子上，把頭埋在雙臂間。

頂一下，吠一聲。我轉過頭。阿波羅的目光深沉，一高一低的耳朵看起來好比銳利的剃刀。牠舔舔我的臉，又開始扭屁股搖尾巴，我第一千次想，對狗來說，不嫌麻煩地努力讓人類明白自己的心意一定很讓牠們很沮喪。

我離開椅子站起來，到沙發去坐下，阿波羅皺著眉頭看過來。我一坐好，牠便過來坐在我面前，直視我的雙眼。狗看到人哭會怎麼想？牠們是培育來撫慰人的，牠們撫慰我們。但人類不愉快的情緒一定讓牠們覺得很困惑。只要我們想要，隨時都可以在盤子裡裝滿食物，隨時可以自由自在地出門——我們沒有隨時需要取悅和服從的主人——搞什麼鬼？

我從咖啡桌上一疊書裡抽出里爾克的《給青年詩人的信》，這是我班上的指定閱讀教材。我翻開書，開始大聲讀。讀了幾頁後，阿波羅臉上露出半張著嘴的微笑，其他狗臉上常有這個表情，但在阿波羅臉上罕見到令人擔心的程度。我讀著讀著，牠趴到了地上，身體包覆住我的腳，緊貼著我的小腿。牠把頭放在腳掌上，每次翻頁牠就斜眼看我。牠耳朵的姿態隨著我聲音轉換而變化。我想起我那隻蹲在揚聲器前的兔子。阿波羅顯然從沒享受過我為牠選的音樂，音樂從沒能像現在這樣撫慰牠——音樂不能，按摩也不能。

於是我繼續讀，像讀給每個字都聽得懂的人那樣，咬字盡可能清晰，加上抑揚頓挫的感情。這麼做也帶給我寬慰：情感豐沛的文字在我口中迴盪，牠龐大暖和的身軀溫柔地將重量託付給我的腿和腳。

我對這本輕薄小書非常熟悉：當時年方二十七的里爾克回了十封信給尋求他指引的一名學生。第八封信寫了里爾克對美女與野獸迷思的著名見解：**也許我們生命中所有的龍都是公主，她們只是等著看我們如何行動，就那麼一次，充滿美和勇氣的行動。也許讓我們害怕的每一件事，其最深層的精髓只是一些需要我們的愛且無助的東西。**經常有人引用或者改寫這些段落，包括最近一部電影《忠犬追殺令》的標題：每樣可怕的東西都需要我們的愛。

小心反諷，別理會批評，考慮簡潔的形式，研究世上微小不起眼的事物，正因為事情困難所以才要去做，寧可喜愛問題而不要只追尋答案，不要躲避哀傷或低潮，因為你的工作可能需要這些條件。尋求獨處，最重要的是尋求獨處。里爾克的建議我太常讀，都會背了。

第一次讀的時候——當時，我和里爾克寫下這些信的年齡相當——我覺得這些信不只是寫給收信人，同時也是寫給我，寫給所有想成為作家的人。

但現在，儘管如今我覺得他的筆觸是前所未有的優美，卻無法自在地讀。我沒法不去想我的學生，他們感覺不到那名年輕詩人在上個世紀最初十年收到這些信時的感覺。在書信完成的四分之三個世紀後，你指定我們讀這本書以及里爾克的自傳小說《布里格手記》，可是我的學生卻感覺不到我們當時的感受。他們不覺得里爾克在對他們說話。相反地，我的學生覺得里爾克把他們排除在外。他們說，「寫作一如宗教信仰，需要神職人員的虔誠奉獻」根本是謊言。

當我告訴他們有關里爾克之死的推論：據傳他因為被玫瑰的刺札到手而染上致命的疾病——玫瑰讓他著迷，在他的作品中是重要的象徵——結果大家嗤之以鼻，有人甚至笑個不停。

曾經，年輕作家——至少我們認識的那批——相信里爾克的世界是永恆的。我同意我學生的看法，那個世界確實消失了。但我在他們那個年紀時從沒想到那個世界有可能消失，更別說是在我有生之年就發生了。

最能引發焦慮的，莫過於里爾克的聲明：一個認為自己沒有寫作還能活下去的人，根本就不該寫作。「我一**定得**寫嗎？」這是他要求那名學生在**夜裡最寂靜時刻自問的話**。如果有人禁止你寫作，你會死嗎？（女神卡卡對這段話很上心，或至少上了她的二頭肌——她把這段話刺在左手臂，用的是德文原文。）

「**我們必須相愛，不然會死**」是一名詩人一節作品的結尾，後來那首詩成了世上最有名的詩之一。但是〈一九三九年九月一日〉的作者鄙視那首詩，而且尤其不喜歡那一句，於是堅持在這首詩再次付梓，準備排入選集印刷時修改成：「**我們必須相愛，然後死去**」[1]。後來，儘管經過修改，他仍然猶豫，而且宣布要拋棄整首詩——在他腦海裡，這首詩太不誠實，已經無法補救。

我想到奧登的這個故事。

我想到，曾經有一段時期，你我相信，我們這輩子最希望做的就是寫作。（**世上最好的職業**。娜塔麗亞．金茲伯格。）我想到你如何告訴你的學生，除了成為作家，若此生他們還能有其他職業可選，千萬別貿然放棄。

去年大約這個時候，我清理了衣櫥。我拿下放在頂層架上的盒子，裡頭裝的是照片、剪報以及你從前的來信。我忘了在電子郵件時代來臨前，總共

1 前後兩個版本的差別，在於前者用 or，後者用 and。

有幾封信。

我好像經常在尋求忠告。

妳想知道自己該寫些什麼主題。妳擔心自己寫的東西太瑣碎，或只是另一個版本的老生常談。但記住，至少有一本書是非妳不可，而且別人寫不出來的。我的忠告是好好去深掘，把那本書找出來。

他也一樣，拋下一串哭泣的女人。但是，在兩類花心男人之中，你絕對是愛女人的那種。里爾克說，他只能和女人談話。他只能懂女人，只有待在女人身邊才能當自己（只要別待太久）。而一些男人真能找到那麼多願意愛他們、保護和原諒他們的女人。

又一次，我翻到他那個廣為所知的定義：**愛是兩份孤獨，互相保護，互相包容和互相致敬**。

這話到底是什麼意思？一個學生在學期末的報告上這麼寫。那只是**文**

字，與**真實人生**無關，而真實人生才是**愛情發生**的地方。學生的報告中太常出現這類惱怒、富含敵意的語氣。

在真實生活中，他不可能當他妻子的丈夫，結婚一年左右，他便離開了她。他也不可能當他女兒的父親。里爾克自己的童年過得豐富又有意義，關於兒童，他寫下那麼多美麗的文字，但是他卻忽略自己的獨生女兒。這毫不影響他把女兒寫進自己的作品和回憶錄當中。後來，七十一歲那年，她自殺了。

里爾克，他愛狗，認真觀察狗，和牠們有著心領神會的交流。有一次，他在西班牙一家咖啡館外面看到一隻醜陋的狗，這隻懷孕後期的狗用懇求的眼光看著他，那眼光探索著他孤獨的靈魂，看進靈魂的後方，天曉得看進了哪裡——到未來或超越理解範圍的地方。他拿搭配咖啡的方糖餵牠，後來他寫到，那次經驗就像一起望彌撒。

里爾克，在他的作品中，阿波羅是一再出現的人物。

這本書很薄，大聲朗讀大約只要花兩個小時。但阿波羅很快就睡著了，像聽床邊故事的孩子，一旁有個母親正打算孩子睡了要躡手躡腳地走開。不過我哪裡都沒去。牠的身體壓得我的腳發麻。我動動腳牠就醒了。牠也不起身，只是找著我捧書的手開始舔。

現在我們兩個都起身朝廚房走去。我幫牠倒了一些乾糧——時間也差不多了——牠吃狗糧時，我去準備一下，等等帶牠出門。

我本來把這整件事當成自己在幻想，只是我把牠擬人化了，但隔天竟發生了這件事：我拿著筆電坐在沙發上，這時阿波羅走過來，開始嗅咖啡桌上的書，大嘴巴在克瑙斯嘉的平裝書旁邊開開闔闔，這本是新買的，用來取代被牠咬爛的那一本。

噢，別**又來了**！我還來不及把書拿走，牠就輕輕地把書放在我身邊。

當然了，我聽說過治療犬。那些狗接受過訓練，然後到醫院、安養院、災區之類的場所工作，牠們的目的是為受苦的人類帶來安慰和鼓勵。我知道，治療犬已經存在好一段時間，現在常用來幫助情緒障礙或學習遲緩的孩童。為了提升說話及讀寫能力，學校和圖書館會鼓勵孩子對著狗大聲朗讀。結果成績亮眼，比起對其他人朗讀，對著狗朗讀的孩子出現了顯著的進步。據說，不少狗聽眾本身也顯得十分享受，表現得活潑又好奇。但有份不在我搜尋範圍內的分析跳了出來，內容針對的是聽人類朗讀帶給狗的所有好處。

我這才想到，是否曾經有人讀書給阿波羅聽。但這並非表示牠是隻受過訓練而且領有證書的治療犬。（這麼有價值的狗會淪落成流浪狗嗎？）但我相信一定有人曾經大聲讀書給牠聽——或者不是刻意讀給牠聽，但至少是牠在場的時候讀——而牠記得那段愉快的經驗。也許是因為讀書的人是牠摯愛的人。（會不會是你？三號老婆表示她不清楚，至少她不曾親眼見過。）又或者牠不是專業治療犬，只是曾經身負重任，應當要透過聆聽來協助某個人朗讀，而且因此得到了讚美和獎勵。訓練手冊提到（有任務在身時，原本顯得厭倦和沮喪的狗會變得活潑起來），許多狗擁有做某項工作的天分，但人們給的任務——如果真的分派了任務——從來就不夠。

又或者阿波羅是犬界天才，明白我和書本之間的關係。也許牠知道在我心情低落時，埋首閱讀是我唯一能做的事。或許是牠超凡的鼻子這麼告訴牠的。如果從研究結果來推論，狗鼻子能夠偵測癌症，那麼狗鼻子也偵測得出因壓力緩和、經歷精神上的激勵或快樂所引起的改變，我們又何必驚訝。假如有些狗能預測人類的疾病發作——我們都知道曾經有過這樣的案例——那麼能預測即將來臨的情緒低潮也就不足為奇。

其實，我和阿波羅相處得越久，就越相信那名暴躁獸醫說得沒錯：對於狗的大腦如何運作，人類知道的還不到一半。透過無聲又無法理解的方式，狗對我們的認識，可能遠遠大於我們對牠們的了解。無論如何，有個讓我無法抗拒的影像出現了：在我信心如雪崩時，就像聖伯納帶著迷你桶裝白蘭地穿過風雪一樣，阿波羅為我拿來一本書。

即使我們知道聖伯納從來沒做過那種事。

以前或許我會認為，對著一隻狗朗讀里爾克的《給青年詩人的信》是精神狀況不穩定的徵兆。

但我決定把朗讀列入日常活動。不過我也清楚別人看在眼裡會怎麼想，所以我沒說出去。可是話又說回來，這本書裡有太多我從未告訴別人的事。

說來也怪，寫作竟會讓人告解起來。

這也不代表寫作不會讓人一直說謊。

弗蘭納利．歐康納和里爾克一樣，寫了一系列的信給某天忽然寫信給她的陌生人。在歐康納死後才出版的書信集裡，這名特定的通信對象因為希望能匿名，因此以A為代號。A當年三十二歲，比歐康納年長兩歲，但後者完全足以勝任導師的角色。歐康納給A寫了超過九年的信，字裡行間充滿了有關文學、宗教，以及身兼作家及虔誠天主教徒的意義。她坦率地討論自己的小說創作，而當A寄一些自己寫的小說給她，則會收到鼓勵的回應。歐康納評論其中某個故事「近乎完美」，並指出A有寫故事的天分。當A顯然為瓶頸所困時，歐康納立刻怪罪是魔鬼的攪擾。對歐康納這樣虔誠的天主教徒來說，魔鬼兩個字可不是隱喻。

日後，這兩個女人雖然會安排見面，但不會那麼常見面。在此同時，紙上情誼快速成長，兩個人親近的程度足以讓歐康納稱A為她「收養來的親屬」。當A決定成為天主教徒，狂喜的歐康納同意當A的堅振[2]保證人。

但到了最後，魔鬼獲得勝利。A失去了信仰，脫離教會。她寫作的類型雖然多樣化，卻一直沒有出版。在A七十五歲那年，也就是歐康納三十九歲死於狼瘡的三十四年後，賀索．伊麗莎白．赫斯特——也就是貝蒂．赫斯特——舉槍自盡。

如果歐康納是我的導師，如果她寫信給我，我可能會這麼問她：西蒙・韋伊說過，如果在人生中你要做個決定，決定該做什麼，那就做會花你最多時間的事。

做難事，因為它難。做會花你最多時間的事。哪有這種人？

如果寫作**不**痛苦，歐康納說，就不值得寫了。

接著講到吳爾芙，誰說把感情付諸文字會**帶走痛苦**。她說，導正一幕戲，創作出一個角色，那可不是什麼讓人愉快的事。

2 堅振聖事為教徒的入門聖事之一。

在新學期的第一次學院會議上，我們討論到學生是否可以用手機讀指定讀物。大多數人立場堅定：其他電子裝置可以，但拜託，別用手機。但「傑出新人」站出來爭論：不合邏輯啊，要是我們爭的是螢幕尺寸，這不就像是在跟他們說不能讀口袋版紙本書？不，這不一樣，多數人說。但十五分鐘後，沒有哪個人能成功說出到底哪裡不一樣。

辦公室時間，A學生因為課程中需要閱讀許多書籍而感到沮喪：我不想讀別人寫的東西，我想讓別人讀我的作品。B學生擔心的是指定閱讀書籍太多——其中包括不賣座或絕版的書。我們不是該讀些更成功的作家嗎？

這種事相當頻繁：我聽從前的學生說她當媽媽了，她只能把原來在寫的書擱到一邊。也許等孩子大一點再重新開始，她說。接著，等孩子大了一點之後——通常是兩歲——她再次懷孕。

寫作課和其他活動配對的布告不斷出現。你可以寫作又享受美食，寫作又品酒，寫作又到山野健行，寫作又揚帆出海，寫作又減肥，寫作又戒癮，寫作又學編織、下廚、烘焙、學法文或義大利文……等等。今天，我看到一張文學節的傳單：**誰說寫作和放鬆互相排斥？享受完美的度假行程：SPA度假村的寫作營**。（美甲、修甲加故事，「傑出新人」的如珠妙語。）

在書店裡，我發現一個朋友去年最新出版的小說出了平裝本，懊惱地發現我不只還沒讀，而且把這事忘得一乾二淨。

在眼科診所，一個中年女人走進候診室，她的頭髮染得和身上的皮夾克一般黑。她讓我有種熟悉的感覺，看到她手提包有《紐約書評》的標誌時，我差點喊：「啊哈！」果然她坐下來，拿出的是最新一期《倫敦書評》。

校園流傳的笑話。A教授：你讀過那本書了嗎？B教授：讀？我連教都還沒開始教。

在學院俱樂部裡，另一名老師和我邊喝琴酒邊以此取樂：猜猜若發生校園槍擊案，我們會願意或不願意替哪一個學生擋子彈。

有時是橫幅廣告，有時在視窗右側，或在等待的時候，我將螢幕往下捲，驚訝地看到：詹姆斯．派特森。詹姆斯．派特森，全球最暢銷的作家，曾經在《紐約時報》暢銷作家排行榜上蟬聯超過二十次的冠軍。顯然，他謙虛和成功的程度一樣高深，他相信，嗯，任何人都能輕輕鬆鬆地像他一樣成功。或至少任何有能力花九十塊美金買下二十二堂錄影課程、練習他提供的課題的人，就能夠辦得到，三十天保證，無效退款。**別再讀這些廣告了，趕快開始寫**。詹姆斯．派特森，全球最富有的作家之一，身價淨值七十億美金（現在可能更高）。**專注在故事上，而不是句子**。他的形象：年長、和藹、泰然自若。一個平凡的、戴眼鏡、穿著黑毛衣的男人。**擊敗空白頁！**有時，照片上的男人正在筆記本上寫東西（絕對不會用電腦）。**還在等什麼？你也可以寫出暢銷作品**。詹姆斯．派特森。老是跳出來，催促，哄騙，承諾給你全世界。像個魔鬼。

妳在開玩笑嗎？有個朋友說，他在紐約州北邊的農場養羊，製作得獎的羊乳酪。作家瓶頸是發生在我身上最好的事。

你過世週年了。我想紀念這一天，但不知道該怎麼做。不只一次，我上網看你朗讀的錄影。我從沒看過阿波羅對螢幕有反應，包括電視（牠的眼睛似乎無法聚焦在任何螢幕影像上，連螢幕上出現另一隻狗都一樣）。我想讓牠聽，覺得牠應該會認得你的聲音。我沒那麼做的原因，是想到那可能太殘忍。牠現在雖然是我的狗（**我的狗！**），但我不相信牠忘了你。聽到你的聲音會給牠帶來什麼影響？牠要怎麼理解？如果牠覺得你在電腦裡怎麼辦？

關於茱蒂．嘉蘭的子女第一次看《綠野仙蹤》有這麼個故事。孩子們和保母坐下來電視，電視上正在播映那部電影，而茱蒂剛好不在，出國工作去了。雖然當時她早就超過她扮演桃樂絲時的年齡（十六歲），但孩子還是認出了他們的母親。原來她在那裡！飛猴把她帶去女巫那裡了！我想都不忍心想，孩子們當場情緒激動地哭了出來。

一名年輕女人牽著一隻身上有斑點的米克斯走進郵局排隊。櫃台後有個辦事員說：小姐，狗不能進來。牠是服務犬，年輕女人說。那是隻服務犬？

辦事員說。**沒錯**，年輕女人果斷的回答讓辦事員小心翼翼地回應，我只是問問而已，小姐。我是說，我沒看到任何標示。站在女人前面的人轉頭過來看看她，又看看小狗，轉頭回去後搖了搖頭。女人挺直腰桿。她用個眼神責怪我們所有人。你們怎麼膽敢這樣。牠是我的情緒支持犬。**你們怎麼膽敢質疑牠來這裡的權利**。

讓這個古怪局面更怪的是，那隻狗少了一條後腿。

我看著阿波羅睡覺。牠側躺著，身側平緩地起落。牠吃得飽，有溫暖的家遮風擋雨，今天散步走了六公里。和往常一樣，當牠半蹲在街上上廁所時，我為牠擋著路過的車輛。還有，在公園裡有個邊發簡訊邊運動的慢跑者朝我們過來，阿波羅在他撞到我之前先吠叫起來，還擋在我前面。我今天和牠玩了好幾次拔河，和牠說過話，除了唱歌，還讀了幾首詩給牠聽。我幫牠剪趾甲，刷過牠身上每一根毛。現在，看著牠睡覺，我覺得好滿足。隨著滿足而來的是更深沉的感覺，特殊又神祕，然而同時又那麼熟悉。我不知道自己為什麼整整花了一分鐘，才知道怎麼形容這種感覺。

我們算什麼呢，阿波羅和我，如果不是孤獨，互相保護、包容和致敬？能定調真好。不管有沒有奇蹟，無論發生什麼，任何事都不能拆散我們。

第九部

我認識的每個人都在寫書，心理諮商師多此一舉地告訴我。我見過許多作家，我可以告訴妳，作家遇到瓶頸相當常見。

但我不是要去聊作家的瓶頸。要不是我急著走，我會好好解釋。一般來說，當作家看到別人在重要出版品上發表了一篇文章，主題與自己正在寫作的主題相同時，他們會覺得錯愕。但我覺得鬆了一口氣。（嗯，好吧，編輯說，這下妳大概可以解脫了。他的語氣聽起來也像鬆了一口氣。）

為了讓我說出心裡話，諮商師問我假日都在做什麼。聽完我的敘述，他溫和地說（他永遠用溫和的口氣說話），聽來，那是妳失去摯友的其中一個影響：不想和其他人相處。

是討厭和其他人相處，但我沒說出口。也是害怕和其他人在一起。

但事實上，就算我不擔心丟阿波羅單獨在家，我也想獨處。

離群的人，最近讀到某作家如此稱呼那種人——不論早年有些什麼嚮往，他們跟大多數人不同，因著這般那般的理由，而從未成為他人生命的一部分。他們可能有認真交往的關係，可能有朋友，數量還頗多，他們可能會花相當比例的時間和其他人相處。但卻從未結婚，從未生子。假日節期中，他們會出席某個家庭的聚會或是跟一群人聚聚。如此多年過去，直到最後他們發現，自己只想待在家裡。

你一定見過許多那樣的人，我對諮商師說。

事實上，他說，沒有太多。

這裡我要追憶過去的一件事。我讀大學時，為了賺零用錢，有兩年時間在伴侶諮商師診所工作。工作內容，是把諮商過程打字記錄下來。這為的不是協助來尋求諮商的人，而是因為諮商師打算寫書。來求助的多半是中年人，而且全是夫妻。（那名諮商師不喜歡**婚姻諮商師**這個說法，說那已經過時。）

聽錄音檔通常會讓人很沮喪。我真不曉得那名諮商師怎麼有辦法面對這樣的工作，特別在我得知為數眾多的案例是，連諮商都沒辦法協調彼此差異，最後以離婚告終。但有時這就是重點，諮商師說，讓雙方放手。

那名諮商師是個光鮮亮麗、高瘦又懂得裝扮（縮腰毛衣洋裝加過膝長靴）的女人，她大約四十多歲，離過兩次婚。據我所知，來找她諮商的人都不知道她的個人背景，但我一直懷疑，不曉得她的婚姻史會不會讓前來找她的人三思。我記得，當時自己想到托爾斯泰對不幸家庭的說法[1]，不曉得不幸的伴侶是否都有相同的不幸。

幾乎每個丈夫都曾經劈腿被抓，要不然就是疑似劈腿。（不只一個男人在諮商時坦承自己不忠，有個男人還在諮商時向妻子告解自己愛上了別人——另一個男人。）

通常女人會抱怨丈夫不需要她們、不夠感激她們，還有——這顯然是最糟糕的——不願聆聽。

男人眼中的妻子是《格林童話》中漁夫的老婆，總是挑剔，永遠不滿足。

每次都讓我驚訝的是，證據顯示，同一個字眼在丈夫和妻子有不同的解釋。那同一個字眼一再出現，我會記錄下：**愛**、**性**、**婚姻**、**聆聽**、**需要**、**協助**、**支持**、**信任**、**平等**、**公平**、**尊敬**、**照顧**、**分享**、**需求**、**錢**、**工作**。我打出這些字然後聽他們說話，我可以分辨同一個字眼對他是往東，對她則是往西。我聽到好幾個男人抗議使用**通姦**兩個字來定義他和婚姻之外的人上床。成了習慣才叫**通姦**，有個男人非常堅持。他不協助我，有個妻子說。做丈夫的唸出一大串他上星期才做過的雜事：我是說**協助**！她尖叫，我說的是**協助**！

聽這些諮商時，我還發現另一件事：諮商師會因說話對象不同而稍微改變音調。這個變化不明顯但確實存在，音高不同之類的，總之很難形容。也

---

1 托爾斯泰的話是，「幸福的家庭都是相似的，而不幸的家庭各有各的不幸。」出自《安娜・卡列尼娜》。

許這都是我的想像。但如果一定得說，我會說，她比較站在男人那邊。

我早該知道諮商師會想要我待整整一小時。當我說我把阿波羅綁在外面時，他說，妳下次何不把牠帶進來？

下次？

這是我們說定的條件：諮商師滿足我想要的，而我，則是必須回來。他說，至少再回來諮商個兩、三次。

我坐在諮商師的辦公室裡，阿波羅在我身邊，我忍不住微笑。我們好像在做伴侶諮商。

差別是，我們處得很好。

一次，有個女人和我們錯身而過時丟下一句話：我老是說啊，與其為了老公累得像狗，不如找隻狗當老公。

老是說？

我二十多歲帶米克斯犬寶兒出去散步時，有時會招來男人猥褻的穢語。那隻狗是妳男人嗎？妳和那隻狗睡一起嗎？妳幹那隻狗嗎，小姐？我敢說妳讓他吃妳。

我發現，聽到街上另一個女人說阿波羅性感、說她嫉妒，我會覺得不安。妳是個幸運得不得了的女人，她說。

收到證書之後，我先拿著在阿波羅的鼻子下搧了搧，才塞到貼在冰箱上的磁鐵下。

妳知道，一號老婆說，妳這犯的是欺詐罪。就算立意良善也一樣。

我能了解真的需要支持犬的那些人為何憤慨，畢竟有越來越多人把平凡的——有些是奇特品種的——寵物拿來當作服務犬。我聽說過有人在大學宿舍裡養臭鼬，在餐廳裡養蠶蜥蜴或牽豬上飛機。我承諾，我絕對不會把阿波羅帶到牠通常不能去的地方。把證書副本寄到公寓管委會後，我會把國家服務犬登記處發的證書和徽章擺在家裡。

至於那位諮商師，他毫無保留地寫下我因喪友而飽受加重的憂鬱和焦慮折磨，這隻狗提供了重要的情緒支持。若少了牠，不僅嚴重傷害我的精神狀態，甚至可能威脅我的生命。

一號老婆覺得這很好笑：因為，在這個案例裡的真相是：沒辦法應對的是這隻動物，而我是支持牠情緒的人。

現在我被迫要談。就算別的都不講，我還是得解釋為什麼我不想說。事實始終是：我不想談到你，或是聽別人談到你。

我想引述維根斯坦有關於不可說和保持沉默的說法。雖然你告訴我們不要在去脈絡的情況下引用哲學家的說法。哲學陳述不是**諺語**，你說。

寫到這裡，我要暫停一下，來談談維根斯坦。他的四個哥哥就有三人自殺，他本人也經常有自殺的念頭。和卡夫卡一樣，據說他聽到自己罹病而且已經到了末期時鬆了一口氣，但是，他臨死前的話讓喬治・貝利[2]念念不忘：告訴他們，我過了美好的人生！

我會和阿波羅說話嗎，心理諮商師問。嗯，會。根據建議，想促進彼此連結，人們就該多和他們的狗說話。這似乎是自然而然就會做的事（不過我猜，人們越來越少這麼做了，這都要怪吞滅我們注意力的那些裝置）。

我曾經聽到一個陌生人激動地和他的哈巴狗說話：我猜這又全都是**我的**錯了，是吧？聽到這句話，我發誓，那隻狗翻了白眼以對。

是的，我會和阿波羅說話。但沒說到你。就是這樣：我不必告訴牠。（**狗是世上最盡職的哀悼者，每個人都知道**。喬伊・威廉斯。）

2 電影《風雲人物》之主角。

不能因為其他人也有死於自殺的親友，就表示我覺得這是件可以分享的事。有一次，我坐著聽完一個討論親友自殺的廣播節目。主持人歡迎聽眾打電話進去留言。一堆常聽到的字眼像石頭一樣投擲出來：罪孽深重、壞心眼、懦弱、心存報復、不負責任。有病。大家都認為自殺是錯的。自殺權就是不存在。自殺者是自私自憐的怪物。如此不知珍惜寶貴的性命。他們雖然恨自己，但自殺摧毀的不只有他們自己，還包括他們留在身後的家人和朋友。

這些話都毫無幫助。

去年我讀了十來本有關自殺的書，那些書也毫無幫助。即使如此，我仍然得知了一些有趣的事。例如，某些古代賢人認為，自願性的死亡雖然往往備受責難，在道德上卻是可以接受，甚至被視為是可受尊崇的，因為那是對難以忍受之痛苦、憂愁、羞辱或甚至只是厭煩的解脫。後來的思想家提出，雖然基督信仰絕對禁止自殺（即便整本《聖經》沒有一處詳細記載自殺的罪責），耶穌自己也可說是做了相同的事。西方國家的自殺遺言數量在十八世紀達到高峰，這些留言通常刊登在報紙的其他公告欄位旁邊。

這裡有個令人不悅的細節：以第一人稱寫作，通常是自殺的前兆。

有所幫助的是：幾年前我在雜誌社工作時一個女同事說的話。當年他們還年輕，才剛結婚時，毫無預警地，她的丈夫讓她成了寡婦。前一天，我們才在計畫未來，隔一天他就走了，她說。一開始我覺得自己虧欠他，我沒有盡一切可能去了解問題。但是我後來相信那是錯的。是他選擇了緘默。他的死是個謎。到最後，我決定就讓他這麼保持沉默。保留他的謎。

我說起覺得自己離瘋狂邊緣只有寸步距離，現實扭曲了，有段時間像活在白霧籠罩間，以及失智般的混亂心情。（我在這間教室做什麼？**這張**鏡子裡，我的臉看起來怎麼這麼怪？那是**我**寫的？當時寫下這些是什麼意思？）

我談到，無論自己睡了多久，都依然筋疲力盡；談到我撞倒東西、掉東西或被自己絆倒的狀況有多頻繁。我從路邊走到車道上，如果不是有人拉住我，我差點就被車子撞到。有些日子我不吃東西，有些時候只吃垃圾食物。毫無來由的恐懼：如果瓦斯漏氣，大樓爆炸怎麼辦？東西掉了，放錯位置了。稅我也忘了繳。

這全是喪友之痛的症狀，諮商師再次多此一舉地提醒，妳必須去看醫生。

但你知道的，阿波羅，在第四次或第五次療程後，我覺得自己開始有點好轉。

另一件有關維根斯坦的事。一九四六年，物理學家弗里曼·戴森曾經在劍橋聽過維根斯坦的課。據戴森說，如果有哪個女人膽敢出現在教室裡，維根斯坦會保持沉默，直到她明白暗示離開為止。

我一天比一天笨，戴森曾經聽到這位哲學家反覆低聲咕噥。

無論如何，關於女人是這樣沒錯。

想要對偉大男性心智賦予高度信心時，請想一想：看著貓，他們宣稱牠們是神；看著女人，他們問，這些是人類嗎？當這個高難度問題獲得解答後，他們又問：她們有靈魂嗎？

我不是沒辦法說出自己的感覺。其實很簡單。我想念你。我每天都想你，非常想你。

再次暫停，這回我納悶的是，維根斯坦所謂的「美好人生」是什麼意思？

還有，要同情一下他的姊姊葛麗塔：三個兄弟和一個丈夫自殺。

我告訴諮商師那些心神不寧的時刻，好比初初聽到消息時，以為是大家弄錯了。你走了，但是沒有死，比較像是失蹤。彷彿是，你決定和我們玩某種幼稚的恐怖惡作劇。你失蹤但沒死，這代表你還會回來，你可以回來。而如果可以，你當然會回來。就像幾年前有段短暫的期間，我相信自己只是壓力太大、疲勞過度，或是正歷經某種奇怪的階段，一旦問題不再，我原來的面貌就會回來。

後來我發現自己經常想起一幕場景，那是電影《胡迪尼傳》的最後一幕。我說的是五〇年代的老版本，由東尼．寇帝斯主演，我十歲那年在電視上看到了重播。魔術大師胡迪尼以精采的逃脫表演聞名於世，他最後頭下腳上，雙腳扣上枷鎖浸在透明水槽中，在試圖逃脫時死去。他從前表演過這種中國水牢，但這次，觀眾不曉得的是，他的盲腸破裂導致身體虛弱。

臨死之際，這位魔術大師告訴妻子：如果有任何方法可想，我會回來。

當年，這句話讓我起了一身雞皮疙瘩，到現在仍然有打動我的威力。

即便我知道真正的胡迪尼死在醫院病床上，而他最後的遺言是**我累到不**

想再繼續奮鬥了。

我要掏出另一段回憶。這次我更年輕了，還是個孩子。朋友家裡開生日派對，那棟顏色是石板灰的維多利亞式建築，對我來說，簡直像一座恐怖城堡。大家玩躲貓貓，我當鬼。我數完數，打開了眼睛。時間已接近傍晚，又是冬天，所有的燈都為了這場遊戲關掉了。幾分鐘前，明亮的屋裡還充滿生氣，這時卻突然成了墳墓。

聽說，第一個從躲藏處跑出來刺探的人發現我四肢大張，面朝下趴在地毯上。

太興奮了，吃太多冰淇淋和蛋糕了：大人全搞錯了，就像大人會把孩子的問題全搞錯那樣。而我呢，嚇得魂不附體，一個字也說不出，連試著讓他們明白都沒有。但我一直沒忘，**死寂**兩個字瞬間就能把當時的情景帶回來。

事發的前一年，我祖父失蹤了，緊接著是我們的小學校長。有關這些失蹤事件的說法都不太具有說服力。但其中有見不得人的隱情，有絕對不能提起的可怕內情——這點倒是很清楚。

恐怖滲透進骨子裡。他們——其他那些孩子——沒躲起來；他們是全部不見了。消失在同一片黑暗當中，再也回不來。只剩我——**當鬼的**——留了下來。一個人，孤孤單單一個人。我眼前的空間開始打轉。在暈倒之前，我吐了出來。

現在我才想起來，葛麗塔．維根斯坦的公公也是自殺。

我會夢到你嗎？

我忠實描述如下：跋涉過厚厚雪地的我，掙扎著想趕上前方遠處的某人，他穿著深色大衣，像是在白色大毯上撕出個三角形。我呼喊你的名字。你轉過身，揮動雙臂打信號，但我看不懂。是要我快一點，還是警告我，快停下腳步然後回頭？這個不確定性太讓人難過了。夢到此結束。或者我得說（為了某種荒謬的原因，我帶著歉意這麼說），至少我只記得這些。

我說起我好幾次看到你。每次我的心都為之翻攪。但為什麼幾乎每次我誤認是你的人，都不是你過世的年紀，而是你生命中其他的階段。某次，在校園裡，我看到一個人像是我們初見時的你，我差點高興地喊叫出來。

我承認自己會突然發火。在尖峰時段最忙碌的時刻，走在中城區，人潮從前後湧現，我發現自己情緒激動，隨時都可以出手殺人。這些該死的傢伙是誰，太不公平了，這些人，這些平凡無奇的人憑什麼可以活著，而**你**——

諮商師打斷我，指出你是做了選擇。

的確，我老是忘了這一點。但我太常覺得事情不是那樣，那不是個選擇，不是自由意志下的行為，而是某些怪誕意外降臨在你身上。

我猜，這說法也不能算錯，毫無疑問，謀殺自己是違反了自然的秩序。

為何一隻狗，一匹馬，一隻老鼠都有生命，汝卻氣息全失？李爾王如此悲嘆。**汝**指的是他女兒蔻蒂莉亞。

有時，我幾乎沒辦法壓制對學生的怒火。主修英文的學生怎麼可以不知道問號後面不能再加上句號？為什麼碩士生不知道小說和傳記的差別，為什麼要一直把完整的一本書講成是「篇章」？

我想揍一個學生，因為她用當陪審員作為藉口，沒有讀當週指定的五十頁教材。

有個學生想修我的課，我沒有答覆，直接就刪了他的意見調查表。（問題一：**妳是否過於在意例如標點符號和文法之類的規定？**）

那麼強烈的怒氣，諮商師說，卻沒有任何一絲是針對**你**而來。沒有怒氣，沒有責怪。這是否因為我覺得自殺情有可原？

柏拉圖那麼想，塞內卡也這麼想。

但是**我**怎麼看待？我認為你為什麼那麼做？

因為你頭下腳上地困在裝滿水的水槽裡。

因為你虛弱，你痛苦。

因為你累到不想再繼續奮鬥了。

有一次，我大半個小時都沒說話。我每次只要開口說話就會崩潰。試過幾次以後，我放棄了，乾脆坐下一直哭到時間終了。

我想談談你我約在柏林的那次會面。那年，我拿到獎學金，住在柏林。你則是來訪：你最新作品的德文版面市。所以我們一起度過一個長週末。

你想去參觀作家海因里希・馮・克萊斯特的墓地，一八一一年，克萊斯特以三十四歲之齡，就在那個地點舉槍自殺。我知道那個故事。克萊斯特一輩子都為絕望所苦，一直想死。但不是孤獨地走。他一直對相約自殺很感興趣。他的夢中情人：一個願意和他一起死的女人。

亨麗葉・弗格不是他接近的第一個女人，但在三十一歲便癌症確診的弗格欣喜接受了他羅曼蒂克的謀殺兼自殺請求。

在槍擊她左胸後，克萊斯特舉槍對嘴自盡。男人的做法。

這兩個人顯然都期待這會是個類高潮的經驗。

有一名證人表示，看到兩人在自殺的前一晚輕鬆愉快地共進晚餐。儘管是基督徒，他們卻似乎期待這樣的死亡能把他們帶到更好的世界，和天使一起享受永恆的至喜——而不怕等著他們的是，因為將暴力加諸於他人及自己身上而引來的永恆折磨。

已婚的弗格在給丈夫的最後一封信上要求死後不要與克萊斯特分開。兩人最後同葬在他們死去的地方——小萬湖畔一處綠蔭草地的斜坡上。

和許多墓地一樣，這裡很寧靜。我自己經常一再造訪。（這塊墓地後來經過重新整頓，但整頓後我沒再去過。）幾乎我每次去，都會看到克萊斯特的墓碑上有鮮花，即使在冬天也一樣。我在大學第一次讀到他的作品時，便愛上他。能到他最後的休息地，我覺得很快樂，何況我還想到格林兄弟曾在那裡散步，里爾克曾在同一個地點在筆記本上寫下詩句。

那天，走在萬胡橋上，我們看到兩隻天鵝正在交配。這個景象和許多人想像的不同，沒那麼優雅——母天鵝看起來有溺斃的危險。無論如何，我很難相信牠們滑稽的拍翅努力能夠成功。

但沒多久之後，在橋下的步道邊，我發現了牠們的窩，離湖岸意外地近。我也經常回到那個地方。通常我會看到一隻天鵝——我猜是母天鵝——不是蜷在窩裡睡覺就是坐在上頭，而另一隻則在旁邊的湖裡游水。有時，我會看到這對天鵝一起用細樹枝和燈芯草把巢加大，直到整個巢大到像頂墨西哥草帽。

大家都知道天鵝一生只有一個配偶。較不為人知的是，牠們有時會有外遇。我自己就看到這對天鵝的其中一隻——我猜是公天鵝——會習慣性地去探視住在小萬湖另一邊的另一隻天鵝。

我雖然從沒看過巢裡有蛋，但總希望有朝一日能看到幾隻小天鵝。然而某次我再回去時，發現巢不見了。我完全不知道發生了什麼事。那兩隻天鵝又開始蓋新家，但沒多久後新的巢也消失了。

萬湖的天鵝通常在傍晚出現，夕陽變幻萬千的色彩照映著牠們的羽毛。染上玫瑰色彩的天鵝，紅鶴般的粉紅色天鵝，如紫羅蘭那樣藍，如黃昏的深紫，如夜色的天鵝。從夢裡走出來的天鵝，讓人想到世界之美。想到天堂。

那人真是個怪物，我們都同意這點。用他詩意的力量說服一個柔順又有病在身無法治癒的女人，由他槍殺她。

但她呢？橫豎都要死。加工自殺，加速她的死亡速度幾可說是免除她的痛苦。但是，讓另一個人犯下謀殺案，讓自己遭到謀殺——在這個案例中，下手的是個年輕人，而且是還能繼續活許多年，繼續創作天才之作的人——這其中的正當性何在？

如果克萊斯特沒能找到共同赴死的伙伴——如果這個女人和前面幾個一

樣，拒絕他瘋狂的要求，誰知道後來會有什麼發展？或沒有發展。事實上，這件事我越想越覺得弗格夫人也必須負起責任。這是什麼樣的愛？她難道連想都沒想過要救他？

我現在才想到自己怎麼會寫出「想到天堂」這樣的句子，我又不相信那樣的地方存在。

對那些不想獨自走上自殺之路的人而言，網路猶如上天賜予的禮物。兩個陌生人，有時住得非常遠，在網路上找到彼此，約定好時間。有個男人從挪威飛到紐西蘭，和另一個男人一起從懸崖上跳下去。在日本，集體自殺的風潮尤盛，一車車的屍體陸續出現。但日本最受喜愛的自殺地點是富士山腳下的青木原森林，寫著**「你不是獨自一人」**和**「想想你的父母」**的路標和熱線電話都沒能阻止那地方成為世上的自殺勝地。青木原森林有個競爭對手，金山大橋是美國最熱門的自殺地點。

柏林。我記得那次你的精神極好。當時純屬僥倖（根據你的說法，現在大賣的書都是僥倖），你的書在家鄉賣得不好，到了歐洲卻成了暢銷書。所以你這趟行程享受了猶如皇家的禮遇。你很高興來到德國——這個國家以認真的讀者聞名（正如你不停說的），特別是柏林。柏林是你最喜歡的城市之一，和巴黎一樣適合走路，有豐富的漫遊傳統。

我記得，聽到你要來，我有多麼高興。我一直很想你。當時你單身，再加上我們遠離家鄉——像這樣的一組外國遊客，自然而然地會被假設是夫妻——有時，我感覺我們像是：一對。一對度假中的男女。總之，我記得那個週末我們似乎特別親近，你走了之後，我感覺格外孤寂。

這全烙印在我的腦海中，當我坐在諮商師辦公室心裡想的也是這些。但是我沒辦法談，因為止不住哭泣。

現在，我自問，為什麼經過了深思熟慮，我還會讓「想到天堂」這幾個字留下來。

他覺得我愛上了你。他覺得我一直愛著你。他說這些話的語氣不像平常那樣溫和，也不完全是不溫柔，但如果我沒聽錯，應該是含有一絲不耐。或者只是帶著點堅持。

這讓妳喪友之痛的過程更複雜了，他解釋道。我是以愛人的身分哀悼，以妻子的身分哀悼你的死。

也許寫下來會對妳有幫助，他在我最後一次見他時這麼說。

也許不會。

我一個學生寫著：我忘了回想有多痛苦。而她才十八歲。

送消息來的是赫克多。一天近晚，他來按我的門鈴。大樓管委會建議房東不要提出異議，就讓我把阿波羅以支持犬的身分留下來，尤其是其他房客也沒抱怨過牠什麼。（有個朋友說，現在既然有了證書，只要我還住在這裡就應該都可以養狗，那怕阿波羅走了之後也一樣。或許吧，但是我答應過自己，這個伎倆玩一次就好。此外，我無法去想阿波羅的**死**或**被取代**。）

赫克多咧開嘴笑。我如釋重負地濕了雙眼。

我覺得應該要為此慶祝，我說。

剛好我還有一瓶學生送我的香檳。

第十部

任何一個人被迫注視上了年紀的寵物，都會像詩人加文・尤爾特那樣，希望自己正在康復中的十四歲老貓，在踏上**最後一次命中註定前往獸醫院的那段可恨旅程之前**，能再多撐過一個夏天就好。

我看著阿波羅嘴邊的灰毛和眼框的紅痕，看著牠在某些日子的步伐有多麼僵硬、在某些時候得試個兩次才站得起來，我的心就跟著揪痛。獸醫要我注意的事項，例如疾病和老狗常見的退化症狀，讓我一想就心生膽怯。**萬一牠老了、衰弱了，妳要怎麼照顧牠？**在兩次體檢的六個月之間，牠的關節炎逐漸惡化。

一個奇蹟不夠。我們躲過了那場災難，我們不必分開，也不會被趕出公寓——很抱歉，但這樣不夠。現在我就像漁夫的老婆：我想要更多。而且我要的不只另一個夏天，或兩個、三個、四個。我想要阿波羅活得和我一樣久，少一天都不公平。

還有，為什麼到了最後，前往獸醫院是無可避免的旅程？為什麼牠不能在家裡離世，在睡夢中平靜地離開，像隻乖狗應有的待遇？為什麼我在救了牠之後，竟然必須看牠受苦——受苦及死亡——然後孤獨地過著沒有牠的日子？

我猜牠知道我在什麼時候有這些想法。如果牠在我身邊，牠會把注意力放在我身上，彷彿是為了要讓我分心。

許多人相信，儘管動物不知道牠們哪天會死，但許多動物確實知道自己正走向死亡之路。那麼，一隻走在死亡之路上的動物會在哪個時間點明白眼前的狀況？有可能是很久以前嗎？動物對老去有什麼反應？牠們是困惑，還是不知如何地，憑直覺就明白這些症狀的意義？這些問題很蠢嗎？我承認，沒錯。但我心裡老想著這些事。

阿波羅有個最喜歡的玩具，一個鮮紅色的硬橡膠拔河玩具。我很喜歡我們拔河時，牠模仿惡犬的聲音。但牠最感到趣味的似乎是讓我贏。（對於牠究竟曉不曉得牠的力量多大這件事，我繼續裝作不知道；我的確從未看過牠使出全力。）雖然我一直買新玩具給牠，但牠對其他玩具不感興趣；就像我已經放棄牠會在狗公園玩的希望，卻仍然照去不誤一樣。牠對別的狗已經沒有興趣，對其他人也一樣。這還是讓我很困擾。你為什麼不去玩呢？**公園裡有那麼多又乖又友善的狗！**

但這有什麼關係？我猜，這就像家長的心態，想要孩子就算不是大受歡迎，至少也不要孤單沒伴。如果牠能和另一隻狗交朋友甚或談戀愛，我一定會開心得不得了。不能說因為牠已經結紮，就不能對另一隻狗有特殊感情，對吧？我們經常遇到一隻漂亮的銀色義大利獒犬，貝拉。（我決定了，擬人化是免不了的，我可能會試著隱藏但已不再抗拒。）

在備受讚譽的忠誠度方面，作家卡爾．克勞斯指出，狗表達忠誠的對象是人而不是其他的狗。因此：狗也許不是忠誠這項美德的最佳範例。事實上——而且經常如此——狗討厭其他的狗，即使是自己的血親也一樣。

這天早上我又看到這件事。兩隻繫著拉繩的狗看到對方，立刻開始又撲又叫。

該死的傢伙。我討厭你。去你的。我要咬掉你他媽的鼻子，你這個混蛋東西。我要殺了你。我繫著狗繩是你運氣好，否則我扯爛你的蛋蛋。

牠們想撲向對方的這番努力，只是讓自己差點被勒死。

阿波羅就不同了。我從來沒看過牠侮辱、攻擊或霸凌別的狗。雖然牠有滄桑的過去，但牠仍然和善，保留著牠的——嗯，我想說的是人性（不然還能怎麼形容）。

有一次，我們經過一戶人家的門口，和阿波羅腦袋一樣高的門階上坐著一隻貓。那隻貓跳起來，弓起身子朝阿波羅的臉吐口水。阿波羅轉過頭，抬起一隻大掌掃過去。有那麼一會兒，我替那隻貓感到害怕，但阿波羅繼續往前走。牠不想找麻煩，牠要的是和平。

即使到了老年，牠仍然美得醒目，經常引人驚嘆。

想想看，牠在盛年時期又會是何等風采。

希望能知道自己的愛人在你們認識前是什麼模樣，這很平常。不曉得摯愛小時候的樣子，幾乎稱得上傷痛。我對自己愛上的每個男人都有這種感覺，對很多好朋友也是，現在則是對阿波羅。

不但沒看過牠年輕氣盛的樣子，甚至錯過牠整個幼犬時期！我不只難過，還覺得受到欺騙。我連一張照片都沒有，沒辦法看到牠從前的模樣。我只能看看書上和網路上的黑白斑大丹狗過乾癮。我承認，我在這事上花了不少時間。

曾經有那麼一次，我們在蘇活區散步時遇到另一個人遛一隻黑白斑點的大丹狗。兩個人都很興奮，但兩隻狗自顧自地走路，擦身而過。

有時候，狗就是會遭遇不幸：這個教訓來得很早，我從童書裡看到的。那些故事裡的動物通常都會死，而且不是善終。像《老黃狗》[1]《小紅馬》[2]都是。即使牠們沒死或有幸福快樂的結局，也會有受苦的經歷，而且命運多舛，像《神駒黑美人》[3]《芙立卡》[4]《白牙》和《野性的呼喚》[5]。自傳體小說《美麗的喬》[6]以一隻狗，喬的真實生活為故事藍本，書中有許多殘忍的場

---

1 *Old Yeller*，弗瑞德．吉卜森寫於一九五六年的兒童小說，卡爾．伯格繪圖。

2 *The Red Pony*，美國作家史坦貝克於一九三三年出版的小說。

3 *Black Beauty*，英國作家安娜．休厄爾於一八七七年出版的兒童小說，賣出超過五千萬本。

4 *Flicka*，美國作家瑪麗．歐哈拉完成於一九四一年的兒童讀物。

5 *Buck*，發表於一九〇三年，與《白牙》（*White Fang*, 1906）同為美國作家傑克．倫敦的作品。

6 *The Autobiography of Beautiful Joe*，一九八三年加拿大作家馬歇爾．桑德斯的暢銷小說，旨在呼籲世人重視動物虐待。

景。故事一開始，殘酷的的主人便以斧頭削去喬的雙耳和尾巴。

毫無疑問地，就跟許多其他讀者一樣，我記得自己邊看邊哭（可憐的喬讓我流了最多眼淚），但從來沒後悔讀這些書。哪有比描寫孩子和動物間的感情更動人的書？我最初寫作時，曾經下定決心以此為主題。但我一直沒寫。

人在幼年時會以平等地位看待動物，甚至把動物當作親人。至於人類是獨特的，與動物不同，而且優於所有物種的觀念，則有待日後養成。

孩童的想像世界中住的不是人類。從前，我很喜歡假裝自己是某種動物，比方貓、兔子或是馬。我不說話，而是試著用動物發出來的聲音溝通，甚至拒絕用手拿東西吃。有時，我會這麼堅持，時間久到讓我父母開始擔心。那雖然是遊戲，但一路跟著我走進成年期、極為嚴肅的核心價值是，我不想成為人類世界的一部分。

在米蘭・昆德拉的《生命中不能承受之輕》中，小狗的下場並不美好。書中主人翁托馬斯把這隻幼犬給了他的妻子特麗莎——我們會知道，送狗的理由就跟他娶她的原因相同：彌補他無可救藥的花心所帶給她的痛苦和羞辱。儘管這隻小狗是母狗，卻異想天開地以另一本小說《安娜・卡列尼娜》書中女主角丈夫的名字來命名。小狗卡列寧討厭改變，喜歡待在鄉下，而且在鄉下和一隻豬交了朋友，最後在癌症末期安樂死。

昆德拉對《創世紀》第一章第二十六節[7]有獨到見解。**人類真正的善只有對那些沒有任何力量的人，才能以極其純粹、極其自由的方式展現。**[8]讓

7 「神說：我們要照著我們的形像、按著我們的樣式造人，使他們管理海裡的魚、空中的鳥、地上的牲畜，和全地，並地上所爬的一切昆蟲。」

8 引自《生命中不能承受之輕》，尉遲秀譯，皇冠叢書。

我們看看，人類又是如何對待那些置於其慈悲之下的物種。以道德來試驗，**而人最根本的失敗正是由此產生，這失敗是最根本的失敗，所有其他的失敗都源自於此**。[9]

小狗卡列寧和特麗莎深愛著彼此。特麗莎深思這一人一狗間純潔無私的連結，做出了結論。她認為這樣的愛就算不偉大，也強過她和托馬斯之間那種墮落、老是讓人擔心、永遠讓人失望又妥協著過的感情。

昆德拉形容人和動物之間的關係猶如**田園牧歌**。之所以用田園牧歌，是因為動物並沒有和我們一起被逐出天堂。牠們仍留在天堂，不受靈肉分離這個難題所擾，透過我們對牠們的愛和友誼，我們才得以重新與天堂連結——儘管這個連結細如絲。

其他人更深入。魔鬼不僅碰不得狗而已，牠們是神聖的動物，是天使的化身，是派來照料協助人類、長了毛的守護精靈。就像奉貓為神一樣，網路上充斥著這個說法，而且越來越盛。這讓人三思。我是指，針對人的部分。

在《屈辱》中，很多狗都沒有好下場。有個老問題，大衛・魯睿為什麼不救下那隻顯然愛上了他，而他對牠也有種特殊感情的混種狗。那隻狗——一隻瘸腿的年輕乖狗，顯然對音樂很敏銳——牠為什麼不能逃過一劫，免於和動物福利診所其他那些沒人要的狗一起被銷毀？為什麼魯睿堅持犧牲這隻狗而不是收養牠？

我想起《沉默的羔羊》中的史達林探員如何告訴漢尼拔・萊克特，她小時候住在叔叔的農場裡，想拯救在春季即將被屠殺的羔羊。想起她如何帶著一隻羔羊，試圖逃跑。**我以為，至少能救一隻也好……但是牠好重。好重。**到最後，和魯睿一樣，她沒辦法拯救註定要死的動物。連一隻都沒辦法。

---

9 出處與前一註釋相同。

我們知道狗會想，但是牠們有見解嗎？

昆德拉強調，動物和我們不一樣，不懂得厭惡。這我不確定（連貓都沒有嗎），但是狗不挑剔也不苛刻，這是牠們受到我們喜愛的一大原因。（所以教育工作者才認為讓有閱讀障礙的孩子對狗朗誦是個好構想。還有，這也許是像行為藝術家洛麗·安德森和音樂家馬友友這樣的表演者，會描述他們在演出時看向觀眾，假想大家都是狗的原因。）

感激之情：我認為大家覺得自己救來的狗會有這種情緒不是想像。我經常覺得阿波羅很感激我。

我想知道牠懂不懂得期待。**她很快就會回來。等不及想吃東西了！明天又是新的一天。**

我還想知道更多。我想知道牠對過去的記憶。牠嚮往什麼嗎？會不會後悔？有沒有美好或苦澀的回憶？狗的感覺那麼敏銳，為什麼不可能有類似普魯斯特的那種情懷？

牠們為什麼不能有靈光乍現、頓悟之類的時刻？

一開始，我有時會看到牠盯著我看，但在我回望時會立刻轉開目光。現在牠常常把偌大的腦袋枕在我膝蓋上，像有話要說那樣斜著眼看我。

妳都和牠說些什麼？心理諮商師想知道。

我多半問牠問題。怎麼，小子？你午覺睡得好嗎？你夢裡是不是在追什麼東西？你想出去？你餓了？你高興嗎？你的關節炎會不會痛？你為什麼不和狗一起玩？你**是不是**天使？要不要我唸書給你聽？你要我唱歌嗎？誰最愛你？你愛我嗎？你會不會永遠愛我？你想跳舞嗎？養你的人當中，我是不是最好的一個？你分辨得出我喝了什麼嗎？我穿這條牛仔褲看起來會不會很胖？

有首歌是這樣寫的：假如我們能和動物說話就好了。

意思是，假如牠們能和我們說話就好了。

但是，當然了，那會毀了一切。

妳屋子裡全是狗的味道，某個訪客這麼說。我回答我會處理。而我的處理方式是，再也不請那個人來我家了。

■

一天晚上，我醒來發現阿波羅在我床邊，正試著用牙齒把毯子拉回我身上，我一定是在睡夢中把毯子踢下去。我說起這件事時，沒有人相信。他們說我一定在作夢。是有可能，這我同意。但說真的，我覺得大家只是嫉妒。

在一場書籍派對上，有個我從未見過的女人咯咯笑著說，妳不就是那個愛上一隻狗的人？

我是嗎？我是不是和阿克立有個狗妻子一樣，養了狗丈夫？將來，牠死去那日會不會成為我這輩子最難過的一天？我會不會也想以自焚殉夫？不會。但是，同樣的，我發現自己急著回家和牠在一起，於是我選擇跳上計程車而沒去搭地鐵。想到能看到牠，我會高興地唱起歌，而且我很確定自己從來沒感覺過這樣的愛。

同樣的焦慮一再出現：終於跑來一個人自稱是阿波羅的主人，他對他們一人一狗如何分散的說法很瘋狂但可信，總之對方希望我能放棄阿波羅。

寫到這裡我想起一件事。我最近才知道所謂的「兩小無猜」[10]，指的是人對幼犬可能產生的感情。如我所想的，與幼犬對人產生的感情無關。

閱讀阿克立的作品時，我注意到，他提到狗時，偶爾會用「人」這個字。

---

10 原文為puppy love，字面解釋為「幼犬之愛」。

一開始，我以為那是個筆誤。但考慮到他是世上最嚴謹的作者之一，我會說，這不太可能是錯誤。

我又想到有個朋友告訴我，他幾年來一直以為諺語講的是「**這是個狗狗世界**」[11]，但又一直不太確定這話是什麼意思。

大家看到你帶狗，就會講些狗的故事。有個穿西裝的上班族摸了摸阿波羅的頭，告訴我，有天，他母親決定拋棄養了多年的狗。她把狗帶到車站，把狗關進提籠裡然後放在長凳下。這個男人發現後，追蹤出狗被送進了收容所。他打電話到收容所，表示自己想把狗領回去，不過當時他法學院正要畢業，人在美國的另一頭。收容所的人答應他會留著狗，但等他到了收容所時，狗已經死了。他們告訴他，那隻狗完全停止進食。

我真不懂，男人這麼對我說。那隻狗一直很胖，因為他母親會餵牠吃甜甜圈，他說，況且牠還年輕，既可愛又好照顧。她真的沒必要用那種方式拋棄牠。雖然那已經是許多年前的事，但他還是想了解母親怎麼會做出那種事。

因為她想傷害某個人，但這話我沒說出口。

一個公共電台的製作人向我邀稿，她說，要我選一本讓我感受深刻，會推薦給聽眾的書。

其實這系列節目我很熟悉，我聽過其他作家在廣播中朗讀他們的文章，推薦他們最喜歡的書。

我選了《牛津死亡之書》，不只因為我認為每個人都該讀這本書，同時也因為我正好在重讀這本書，而且特別注意「自殺」和「動物」兩個篇章。

---

11 原文是 it's doggy-dog world，正確的諺語為 it's a dog eat dog world，「這是個狗咬狗的世界」，意指人不擇手段只求成功。

我寫了她要求的五百字，讚美選集中貫穿古今的相關主題，從「定義」到「遺言」等各種面向的摘錄段落。我表示自己為這些有關死亡的文字深深著迷，這本書的主題雖然是死亡，但矛盾的是，讀起來竟是有趣又充滿生命力。

我花了許多時間寫這篇文章，對這個篇幅不長的作業、對還能夠寫點什麼，心懷感激。寫完後，我把文章寄出去，但一直沒有回應，那位製作人再也沒回我消息。

新聞報導說：

部分動物收容所開始進行實驗性治療：由志工為曾遭凌虐或受創的狗朗讀文章。

一篇職業舞者的採訪中提到，這名舞者幼年長期遭受霸凌，以致無法說話。

作家麥可・赫爾辭世。依訃文看來，他在生命中的最後幾年一心向佛，而且不再寫作。

在《牛津死亡之書》讀到：

納博科夫的三段式演繹：**其他人會死；我不是別人；所以我不會死。**

「那段經驗我永遠不會描述出來，」我昨天告訴薇塔，這段話出自吳爾芙日誌。在那永不描述的經驗發生的十五年前，她就已經寫下了。

在寫作工作坊裡，很多故事是從某人早上起床開始。以某人上床就寢為結尾的就沒那麼常見了，比較可能的結尾是死亡。事實上，在很多學生的故事中，喪禮不是放開頭就是在結尾。當學生想表達人物的一連串想法時，幾乎都會讓這個人物處於移動狀態，讓他或她搭乘某種交通工具，通常是車子或飛機，好像在他們的想像當中，人物只能在穿過空間時思考。

問：為什麼你讓這個人到印度旅行，這明明和故事的其他部分無關？

答：我想表達他很煩惱。

最後的遺言。**原來故事是這樣結束的**，我一個住在愛滋病安養院的朋友說，他驚嘆地張大雙眼，宛如孩子的眼睛。

第十一部

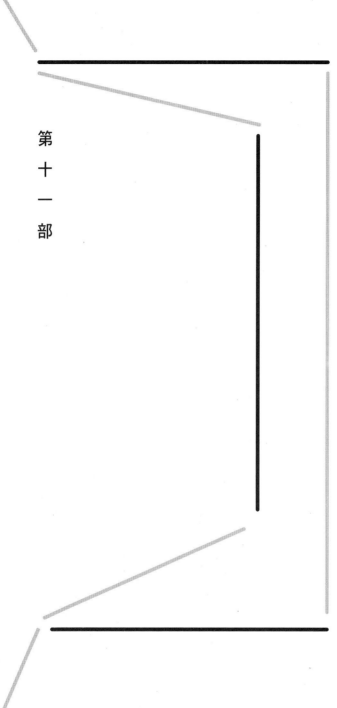

摯友
THE FRIEND

故事應該怎麼結束？我想了好一段時間。在我想像中，故事的結尾應該是這樣。

某天早上，女人在她的公寓裡，正準備要出門。這一天和其他早春時節的日子一樣，半是太陽半是雲。稍晚可能會下場大雨。第一道陽光灑下時，這個女人就醒了。

現在幾點？

八點。

從醒來到八點之間，女人都在做什麼？

她在床上躺了半小時，希望能再睡著。

女人是不是有那種特殊的失眠毛病，經常會醒過來，沒辦法好好睡？

對。

她有沒有試過什麼訣竅來幫助自己再次入眠？

從一千開始倒數。以字母順序排列各州的州名。但在這天早上，這些方法都不管用。

所以她只好起床。然後呢？

煮咖啡。用她最近買的單杯摩卡壺煮了一杯濃縮咖啡，她覺得新的摩卡壺比她在大約一個月前不小心打破的法式濾壓壺好用。通常她還滿喜歡這個晨間儀式：邊聽收音機裡的新聞廣播，邊煮杯咖啡喝。

女人聽到什麼新聞？

其實這個早上她有心事，沒專心聽。

她有沒有吃東西？

她切了半根香蕉，和葡萄乾、胡桃一起加進一杯優格裡。

早餐後她做了什麼事？

檢查電子郵件。回答一則訊息，是大學書店來詢問她訂了上課要用的幾本書。確認牙醫約診的時間。她沖了澡，開始穿衣服，但因為天氣變幻莫測，她猶豫著不知該如何選擇。穿毛衣會不會太熱？她的雨衣會不會太薄？

要不要帶雨傘？帽子呢？手套？

這天早上，這個女人要去哪裡？

去探視住院了一陣子，現在已經出院的一個老朋友。

她最後決定穿什麼？

牛仔褲，套頭毛衣外加一件開襟衫，以及她的連帽雨衣。

女人要怎麼去她朋友家？

在曼哈頓搭地鐵到布魯克林。

她在路上有沒有在哪裡停留？

曼哈頓地鐵站附近的花店。她在花店買了一些水仙花。

她到站下車後，是不是直接到朋友家？

是的。我看到她現在正走向一棟紅褐色建築。

她要拜訪的朋友是獨居嗎？

不是，他和妻子住在一起。後者這天早上去上班，所以不在家。但是他們家裡有一隻狗。她按下門鈴後，聽到狗吠聲。門打開了，男人走出來以擁抱歡迎她。男人的穿著——這裡純屬巧合——和她在雨衣下的衣服一樣：藍色牛仔褲，黑色套頭毛衣外搭一件開襟衫。他們彼此緊緊擁抱了一會兒，這時那隻狗——一隻迷你臘腸狗——在他們腳邊又叫又跳。

現在他們坐在起居室裡，喝男人為他們沖泡的熱茶。放在小碟子上幾片油酥餅乾沒人動。那些水仙花已經插進一只小水晶花瓶中，擺在窗台陽光能照到的地方，花朵閃耀著霓虹光采，（讓女人忍不住覺得）看起來像是假花。其中一朵水仙的梗往下彎，垂下的花朵彷彿是難為情，或因為處於光線下而害羞。

我們看到男人臉色蒼白，帶著病容。他的聲音緊繃，好似用足了力，才能發出比低語大些的聲量。空氣中有種張力，似乎有什麼即將迸發或破碎。臘腸狗察覺到了，儘管牠仍然靜靜躺在自己的柳編籃裡，卻是無法放鬆。男人說話時，狗聽到自己的名字，開始搖尾巴。

「我想再次謝謝妳照顧吉普。」

「噢，牠又不麻煩。」女人說：「能照顧牠，我很開心，有牠在，就好像家裡有一小球毛茸茸的你。」

「哈。」男人笑了。女人說：「我很高興能幫上忙。」

「妳幫了大忙。」男人要她放心。「吉普很乖，但牠被寵壞了，需要人關心。我可憐的太太事情已經夠多了。」他停了一下，壓低聲音說：「對了，我一定要問，她是怎麼告訴妳的？」

「她說她出差，因為暴風雨的關係，飛機在丹佛延誤了。她說她在機場打電話給你，但沒人接。接著班機取消，她搭計程車回家，到家後看到清潔婦留紙條警告她，要她別進家門並且立刻打電話報警。」

女人說話時，男人並沒有看著她。他瞇著眼睛看著窗台上的水仙花，好像花朵太亮，傷了他的眼。她說完話了，但他還在等，好像期待她繼續說，發現期待落空，他才說：「如果有學生把這段話寫進故事裡，我會說，那未免太簡單了。」

這時，雲朵遮蔽住太陽，屋裡暗了下來。女人突然慌了，警覺到雙眼因淚水而刺痛。

「我本來都計畫好了。」男人說：「我先把吉普帶到寵物沙龍。清潔婦隔天早上才會來。」

「但你現在好嗎？」女人問道。她的聲音有點太大，讓狗嚇了一跳。「你覺得怎麼樣？」

「屈辱。」

女人開口要抗議，男人先一步打斷她。「沒錯。我覺得丟臉。但那是常見的反應。」

我知道，女人沒有說出口，我一直在閱讀自殺的資料。

「但我的感覺不只那些。」男人抬起下巴說話。「我發現自己不特別。我和其他沒能自殺成功的人一樣：很高興能活下來。」

女人茫然地說：「嗯，聽到你這麼說真好。」

「但是我一直在想，為什麼我沒有**更多**感覺。」男人繼續說：「我經常覺得模糊或麻木，好比一切全發生在五十年前——或根本沒發生過。但那有一部分是藥物的副作用。」

雲朵飄開了，光線又湧了進來。

「回到家，你一定很高興。」女人說。

男人停了一下。「出院當然高興。我覺得不像只住院兩星期，更像是住了好幾個月。那真的和住精神病房沒太大關係。讓狀況更糟的是我不能閱讀，我缺乏專注力，句子讀到後面就忘了前面。而且，因為我不想讓人知道發生了什麼事，所以沒有訪客。順道一提，除了家人之外，現在妳還是唯一知情的人。目前我想維持這個局面。」

女人點頭。

「那不算完全負面的經驗。」他補充道：「我一直提醒自己：當作家碰到壞事，無論有多糟，都還是有一線生機。」

「噢？」女人坐直身子問：「這是說，你打算把經過寫下來嗎？」

「非常有可能。」

「寫成小說還是回憶錄？」

「我完全沒概念。太快了，我必須拉開一點距離。」

「你現在寫作嗎？還能不能寫？」

「嗯，其實這也是我想告訴妳的。我們在病房裡有個小小的寫作班！那是團體治療的一部分。寫作班裡有個女人，他們稱她為康樂治療師。她要我們寫詩而不是散文，她說是因為我們沒有太多時間，但我相信一定也有其他原因。她還要每個人朗讀自己的作品。沒有分析，不要批評，光是分享就好，妳懂吧。她讓每個人都要寫下最深沉的句子，大家聽得津津有味。那些可怕的詩**不是**詩——妳可以想像得出那類文字。邊讀聲音邊抖，越讀聲音越啞，有些人像是要花一輩子時間才能讀得完。沒有人開玩笑，妳看得出來這對他們有多重要，終於得到機會掏心掏肺，還能看看是否會讓他人感動落淚。每一首詩都得到所有人的掌聲。這真的非常奇怪。教書這麼多年來，我從來沒有過當時的那種感受，連近似的感覺都沒有。怪的是，那種氣氛非常感人。」

「我連想像都很難，你竟然會有那種感覺。」

「相信我，諷刺我還聽得懂。一開始，我以為我不會想參與，就像我不想用他們鼓勵我們用的著色本一樣——著色不只是打發時間，還應該要能減低焦慮感。但不參加寫作工作坊沒那麼容易，因為他們都知道我是作家，而且曾經當過寫作老師，如果不參與，大家會覺得我像個可惡又傲慢的人。而且，就像我說的，病房裡的日子很無聊。我沒辦法閱讀，而且我拒絕和大家外出——我好怕碰到認識的人，然後要解釋我為什麼會和護士及一群吵死人的精神病患者一起到電影院或博物館。別的暫且不說，寫作可以分散注意力，是打發時間的方法。其次，我老實承認，是為了那名治療師。她不是太漂亮，但是她又辣又年輕，妳是知道我的。我想吸引她的目光。雖然我是精神科患者，又老到可以當她的祖父，但我仍然想在她心裡留下好印象。真的，我想上她——這並不是說我有希望。總之，我進大學後就沒寫過詩，過了這麼多年再回頭寫詩，感覺還滿不錯。我贏得的掌聲啊，我到死都會一直記得。最大的驚喜是，我竟然還繼續寫。」

「你在寫詩？」想到他可能要求她讀那些詩，又或者更糟的：要她聽他讀，女人又是一陣驚慌。

「噢，這時還見不得人。」男人說。「但對我來說，現在寫短一點的作品比較容易。老實說，一想到要寫長篇，我就嚇得要命。回頭去寫我原來正在寫的書——就像狗回頭去吃牠的嘔吐物一樣！好了，說我說得夠多了。妳最近都在做什麼？」

她告訴男人，說她正在教新的課程。生命和故事。把小說當自傳，把自傳當小說。像普魯斯特、伊薛伍德、莒哈絲和克瑙斯嘉那樣寫作。

「想要那些小毛頭讀普魯斯特還真的需要運氣！妳之前一直在寫的作品呢？寫完了嗎？」

「沒有，我放棄了。」

「不會吧！為什麼？」

女人聳聳肩。「行不通。有部分原因是我一直覺得愧疚，好像我在利用我筆下人物似的。我沒辦法解釋我為什麼會有那樣的感覺，但我偏偏就是。你也知道愧疚，那種感覺就像煙和火，其來有自。」

「胡說。」男人說：「任何事物都是作家的材料，就看妳**怎麼**用而已。如果我覺得那樣做不對，怎麼還會鼓勵妳？」

「你是不會。但事實上，當你建議我寫那些女人時，你考慮的不是她們而是我。我會出書，會有讀者，會拿到錢。」

「對，是作家都會，那叫新聞寫作。但妳該不會說只有這個原因吧？」

「也許吧，但那不重要。因為事實是我辦不到。我指的就是字面上的意思。我會寫出類似：『歐絲卡娜二十二歲，有張蒼白的圓臉，顴骨很高，挑染金色的頭髮，說話帶著輕微的俄國腔。』這種句子連自己讀了都討厭，實在寫不下去。我的文字就是不流暢。我做了研究，寫了筆記，然後坐在那裡自問，我想要拿這些殘暴行為的證據和這些駭人聽聞的細節做什麼？編排成讓人入迷的故事嗎？如果我那麼做，倘若我真能找出確切的文字和正確的筆觸——假如我真的掌握到當中的污穢和慘烈，而且能用好的文體鋪陳——那個意義又何在？至少，我想，寫作應該是幫助**我**——也就是作者——對事情有更深入的了解，但我知道那是一廂情願的想法。寫作不會讓我與我聽到的惡行更接近，對受害者也沒有好處，這讓人難過，卻也無法避免。我唯一能確定的是，一般來說，在這樣的計畫中，最重要的人是作者。我開始覺得我在這個計畫裡做的事不僅自私而且還殘忍——你也可以稱之為冷血。我討厭寫這種類型作品時那種實事求是的態度。」

「那麼，也許妳把故事寫成小說會比較順利。」男人說。

女人皺了皺眉頭。「會更糟吧。把這些女孩寫成生動有趣的角色？把她們的苦痛當神話、寫成小說？我**不要**。」

男人誇張地嘆口氣。「這種論點我懂，但是我不同意。如果每個人都和妳有相同的感覺，世人對於他們理應得知的事會永遠無知。作家必須見證這些事，這是他們的工作。有些人會說，見證不公和苦難是作家最崇高的天職。」

「自從斯維拉娜·亞歷塞維奇拿到諾貝爾獎之後，我一直在想這件事。」女人說道：「亞歷塞維奇說，世上充滿了受害者。沒有人會提這些經歷過可怕事件的平凡人，他們終究會被遺忘。她說，她的目標是當作家，把話語權交給這些人。但是她不相信那些報導可以用小說的方式呈現。她說，現在的世界和契訶夫的年代不同了，虛構小說不是那麼適合，不太能貼近事實。我們需要的是**報導式**小說，從小人物生命中切割下來的故事。不是虛構，沒有作者的觀點。她稱自己的寫作體為『人聲小說』。我也聽過有人稱之為『證據小說』。她筆下大多數的敘述者是女人。她認為女人比男人更適合當敘述者，因為男人通常不會以她們的方式來檢視生命和感覺，女性比較認真，而且──你為什麼在笑？」

「我只是想到男人應該集體停止寫作的論點。」

「亞歷塞維奇沒那麼說。但她確實主張，若你想貼近人類的經驗和情緒，就必須讓女人發聲。」

「但作者本人要保持緘默。」

「沒錯。這個目的是讓真正經歷過苦難的人來見證，作者的角色僅限於賦予這些女人發聲的權力。」

「這不是劃地自限嗎？這個見解的基礎是，作家做的事在本質上是可恥的，我們不知怎麼的全成了可疑人物。我教書時注意到，我學生對作家的評價逐年遞減。看到大家對作家投以負面眼光，那些想成為作家的人會怎麼想？妳能想像學舞的人以負面角度來看紐約市立芭蕾舞團嗎？或是蔑視奧運冠軍的年輕運動員？」

「不能。但是舞者和運動員和作家不同，他們沒有那種特權。在我們的社會裡，要當職業作家得先有特權，至於覺得擁有特權的人不該再寫作這件事——他們是不該，除非他們能找到一個不再書寫自己的方式，因為書寫自己只會讓白人至上主義和父權主義更進一步。你覺得好笑，但你不能否認寫作是菁英的、自私的活動。寫作只是為了吸引注意力，讓自己在世界上更往前走，而不是為了讓世界成為更公正的地方。在這種情況下，羞恥感當然會隨之而來。」

「我喜歡馬丁．艾米斯說的：為小說家的自私而感到遺憾，如同痛惜拳擊手的暴力。曾經有段時間，大家都了解這話的意思。過去，年輕作家相信寫作是使命——和成為修女或修士一樣，和愛德娜．歐伯蓮說的一樣。還記得嗎？」

「記得，但我也記得伊莉莎白．碧許說的，沒有比身為詩人更尷尬的事。自我厭惡不是新鮮事。新鮮的是，經歷過極度不公正待遇的人才是我們最該聆聽的對象，是時候了，藝術不只該為這些人騰出空間，還應該由他們支配。」

「但這有點像雙重束縛，不是嗎？擁有特權的人不該寫自己，因為這會讓白人至上主義和父權主義更進一步。但是他們也不該寫另一群人，因為那會變成文化挪用。」

「就是這樣，我才會覺得亞歷塞維奇那麼有趣。如果你要把一群受到壓迫的人拿來做文學之用，你就必須找到方法讓他們發聲，然後把自己排除在外。在今天，人必須有天分才能寫作的想法讓人害怕，因為那會遺漏太多其他聲音。亞歷塞維奇讓許多人掌握話語權，讓他們把故事說出來——無論他們寫的句子美或不美。另一個建議是，倘若你寫的是受到壓迫的人群，你就該捐出稿酬來幫助他們。」

「這不就讓人以寫作維生的目標落空了。事實上，在那些規範下，只有富人才有本事寫自己想寫的一切，只有他們負擔得起！嗯，至於我，我唯一重視的問題是，亞歷塞維奇標榜的非虛構小說是否能夠和虛構小說一樣好。我自己傾向贊同多麗絲·萊辛這樣的作家，他們認為想像比事實更能成事。而且我不信虛構小說不再足以描寫現實這種說法。我說啊，問題不在這裡。這是我在學生身上注意到的另一件事：他們變得非常自以為是，無法容忍作家筆下人物的任何缺失和弱點。我說的不是毫不掩飾的歧視或厭女。我說的是與遲鈍或偏見有關的微小跡象，或是心理問題、精神官能症、自戀、執念、壞習慣等等各樣怪癖的證據。如果作家不是他們理想中的交友對象——永遠進取而且生活嚴謹——他們才不屑理會。我曾經有一整班學生不在乎納博科夫寫得多棒，那種人——在他們眼中，他是個傲慢又變態的人——根本不應該列進閱讀清單裡。一個小說家和任何好國民一樣，都必須遵守規章，他們無法想像有哪個人會寫出無視他人看法的作品。當然了，文學和文化的作用不同。但看到寫作變得攸關政治正確與否，我就難過，可是我的學生卻很贊同。事實上，他們有些人正是**因為**這樣才想成為作家。要是有任何反對看法，要是想勸他們放棄那種想法，說藝術歸藝術，他們會捂起耳朵，會指控你說教。就是因為這樣，我才決定不回去教書。我不想太自憐，但如果一個人跟文化及時代主流那麼不一致，教書有什麼意義。」

為了不要太殘酷，她選擇不說話，但你不會錯過她的表情。

「總之，很遺憾妳沒繼續寫。」他說：「妳知道我會希望妳完成那本小說的。」

「老實說，」女人說：「我還有另一個原因。我分心了，開始寫別的東西。」

「寫什麼？」

「寫你。」

「我！多奇怪。妳怎麼會想寫我？」

「嗯，那不盡然在計畫之中。去年聖誕節前後，我剛好看了電影《風雲人物》。我相信你看過那部片子。」

「看了好多次。」

「所以你知道故事怎麼發展。天使阻止了詹姆斯·史都華——他演喬治·貝利——自殺，讓他看到若沒有他的存在，世界會有多大的損失。我坐著看吉普——我把吉普抱在腿上——當然就想到你。我是說，在我聽說你的事之後，我就一直想著你，想知道你會不會康復。」（這時男人的眼光又落到了擱在窗台的花朵上。）「我想，真是有驚無險。但我的心思完全不在電影上，我開始想像若**你**沒獲救，世界會變成什麼樣子。畢竟你運氣太好——又或者**你**有個守護天使。無論如何，我就是沒辦法不想。如果沒有人及時發現你呢？接著，我就知道那是我必須寫的。」

如果說男人之前臉色蒼白，那麼，他現在的臉色可說比白紙更慘白。「我沒聽錯吧？拜託告訴我是聽錯了。」

「對不起。」女人說：「我剛剛應該先說的，那是一本虛構小說。書裡每個人物都經過修飾了。」

「噢，饒了我吧。妳以為我不知道那是什麼意思嗎？**妳只是改了我的名字。**」

「其實我沒有用名字。所有角色都沒有名字，除了狗以外。」

「吉普？妳連吉普也寫進去了？」

「呃，嚴格說來不是吉普。書裡有隻狗，牠是重要角色，而且有個名字：阿波羅。」

「像一頂大帽子套在迷你臘腸狗身上，妳說是不是？」

「牠不是臘腸狗了。就像我剛剛說的，那是一本小說，每件事都不一樣了。呃，也不是每件事。比方說，我保留了你在公園裡找到牠的細節。但你也知道，你從生活中擷取一些事件，再虛構一些，說些半真半假的故事。所以呢，吉普變成一隻大丹狗。而且我把你寫成英國人。」

男人低聲咕噥。「難道妳不能至少讓我當個義大利人？」

女人笑了出來。「我跟克里斯多福・伊薛伍德學到如何把真實人物轉變成虛構的小說角色。他說，這就像談戀愛一樣。虛構角色像是你愛的人，永遠獨特，絕對不只是『另一個人』。所以囉，你捨去這個人和其他人相同的地方。接著，你把在他人身上看到的有趣特色，以及讓你一開始在他們身上看到的特點放大，然後取而代之。我知道大家都想當義大利人。但是打從我認識你以來，我一直覺得你像英國人。」

「說到這裡，妳是不是決定讓我當個非猶太人？」

女人又笑了。「你還是猶太人。但是我確實把你寫得比真實生活更花心。」

「只有一點點嗎？」

「啊，你不高興了。」

「妳一定早就知道了。」

「我是知道，我承認。知道自己被寫進書裡，有哪個人會高興？但是我一定得做點什麼。所以我做了作家有執念時會做的事：寫成一個故事然後放下，或至少讓這個故事幫你了解整件事。雖說，我們從經驗中得知這麼做幾乎從來沒成功過。」

「是，我知道，妳不必告訴我這些。**作家其實就像吸血鬼**，這妳也不必告訴我，我相信這是我從前告訴妳的話。再說一次，我還曉得什麼是諷刺。但妳也看得出來，妳嚇了我一大跳。我不知道該怎麼想。妳做了什麼？現在我可以告訴妳，我覺得這是背叛。絕對是背叛。經過剛才的對話之後，我一定要問：**我**怎麼會成為妳嘲弄的目標？而且，妳至少可以等一等吧。天哪。我人還在醫院裡，處在人生最低谷，然後妳就在電腦前面大書特書。這個景象不怎麼好看。不，事實上，我覺得這太低級了。哪種朋友會——噢，妳真可恥。我知道妳說不出話了。妳竟然還能看著我的臉，我太驚訝了。還有，那隻狗的事我有沒有聽錯？那隻狗是主角？拜託，告訴我，狗不會有不好的下場吧。」

擊敗空白頁！

第十二部

這才是生命，對吧？陽光，不太熱，還有微風和鳥鳴。現在，我曉得你喜歡太陽了，否則你不會躺在陽光下，而是會和我一起待在陰涼的前廊。陽光曬著你的老骨頭，一定很舒服吧。你可能會和我一樣，覺得海邊的微風很清爽。只要風朝我們吹過來，你就會抬起頭聞，我少少的六百萬個嗅覺受體細胞只能讓我聞出海的味道，但我知道你有三億個嗅覺受體細胞，你能分辨出更多氣味。人類一次只能聞到一個味道，再多就難了。每次我聽到有人形容葡萄酒有黑胡椒香，隨之而來的是覆盆子和黑莓的香氣，我就知道他們在胡說八道。就算沒有最早的胡椒味，給我找個能在黑莓中聞出覆盆子的人類看看。但**你的**鼻子就不同了，你的嗅覺比我敏銳好幾千倍，根據狗百科的說法，你能在兩百萬桶蘋果中嗅出一顆爛蘋果。

更讓人驚訝的，是你能辨別同時間從四面八方傳來的氣味。這個能力讓**每隻狗**都是超能狗。但說到資訊過載，要是任何一個人類有這種能力都會發瘋。

現在回想起來，從前，你會在半夜裡吵醒我，趁我躺在地上時聞遍我身上每一處。資訊搜尋中：我是誰？袖子裡可能藏了什麼？你現在還是會聞我，但已經不像過去那樣帶著某種熱切的調查意味。

依照狗百科的說法，你不但聞得出我早餐吃了什麼，還知道我昨晚吃下什麼東西；知道我身上的短褲和T恤上次是什麼時候洗的，有沒有用漂白劑；知道我最近穿著涼鞋去了什麼地方；還知道我換了另一個牌子的防曬乳。這些對你來說，都是輕而易舉的事。而我現在知道了狗的能力，也已經不會有任何事能讓我驚訝了。那個帶著米克斯母女的女人說，狗能分辨時間。她說，我下班回家時，儘管我人還在一個街口之外，但抬頭就能看到我的女孩們在等我。牠們能從空氣中我味道的濃度來判斷。

歸功於你特別的天賦，使你對我的解讀遠深於我對你的，這說法我覺得很公允。荷爾蒙和費洛蒙會讓你隨時掌握最新狀況。再過一星期，我的教學焦慮會捲土重來。你能聞得出我的開放性傷口、我隱藏的恐懼、我的孤獨、我的憤怒，以及我永無止息的哀悼。

還有什麼？醫學還無法測得的惡性細胞碎片？我腦子裡無聲形成的硬塊和混亂——失智的前兆？

據猜測，狗能比牠的人類同伴更早知道她是否已經懷孕。對人是否正邁向死亡之路也一樣。

但你的嗅覺已經比不上從前了。嗅覺會隨著年歲日增而漸漸遲鈍，人也一樣。而且，看看你的鼻子：從前濕潤的紫黑色鼻頭，如今變得像用過的煤炭，灰白又乾裂。

我剛剛在說：暖烘烘的太陽，清爽的微風——我非常肯定你喜歡這些。但至於鳥鳴呢，嗯，院子裡有個飼料箱，所以來了很多鳥，幾乎整天都聽得到山雀、麻雀等雀鳥和知更鳥的啁啾聲，但一天總有幾個小時例外，四周會突然安靜下來，好像所有的鳥兒都一起去上教堂。

我喜歡鳥叫聲，連鴿子哀淒單調的咕咕聲和松鴉、烏鴉、海鷗尖銳的叫聲我都喜歡。你呢？你對任何人類製造的音樂無感，大自然的音樂聽在你耳裡又是什麼效果？

我知道有些人一點也不欣賞鳥叫聲，甚至覺得鳥鳴太吵。指揮家庫塞維茲基有個故事，住在檀格塢時，他抱怨自己每天早上都被那些**不成曲調的鳥叫聲**吵醒。

有時，像城市裡的鴿子一樣，會有某隻鳥掠過空氣躍向草坪，吸引住你的目光，但你從來不想去追。

這裡也看得到松鼠、兔子和花栗鼠，有些大膽的會靠過來，但牠們毋須害怕。

鄰居家的湯姆和你一樣是黑白兩色，牠會坐在草坪邊上斜眼看著你，傳達著牠絲毫不感威脅的訊息。

曾經有隻長相奇怪的狗鬼鬼祟祟地竄過去，速度快到讓我以為自己出現幻覺。後來我才驚覺：那不是狗，是一隻狐狸。

我懷疑你這輩子有沒有追過任何一隻動物。我覺得一定有。你的本能還在，畢竟獵野豬是你的本能。

我突然想起從前的男朋友曾經訓練大狗寶兒乖乖坐一分鐘不許動，頭上還頂著一隻寵物鼠。

我看過你吞下蒼蠅和其他昆蟲，包括我擔心會叮咬你的那種昆蟲。你也曾經一口吞下一隻大蜘蛛，速度快到讓我來不及阻止你。

又或者，當時受訓的是那隻坐在狗頭上的寵物鼠。

另一個沒有間斷的聲音是浪頭拍岸的聲音，我喜歡這麼想，想你和我同樣覺得那聲音很寧靜。

我們第一次去海灘時，我好想知道你以前有沒有看過海，會不會游泳，是否曾走在沙灘上。（你腳印的尺寸大概會讓某些人為之卻步。）我們很幸運，步行一分鐘就能走到海灘。我們只有在太陽不那麼猛的時候才會去，例如清晨或黃昏。時間雖然短，但對你來說，那段路不見得總是那麼好走。你走得很慢，甚至越來越慢，我在這裡避免用**蹒跚**兩個字。我好怕哪一天你下得去但上不來。

不久前，在城裡發生了一件可怕的事。那天好熱，是這個季節首見，我們走向公園的陰涼處。但我們還沒走到——而且距離也不遠，你忽然停下腳步，因為撐不下去而直接歪倒在水泥地上，顯然很難受。

我差點就慌了，以為我會當場失去你。

人們多善良啊。有人衝進咖啡吧端了碗水出來，你沒起身便大口大口地喝。接著有個路過的女人停了下來，拿出雨傘替你遮陽；我上班遲到沒關係，她說。有個開車經過的男人自願讓我們搭便車，但我知道你沒辦法爬上後座，但幸虧到了那時候，你已經振作起來，我們總算可以走路回家。

現在，我每次帶你去散步都提心吊膽。

但是你一定得散步，這是獸醫說的。你每天至少得做點運動。

藥物發揮了作用，獸醫告訴我。你的疼痛減緩，雖然你有時可能還是覺得不舒服，但消炎藥確保你不至於太受苦。當然了，情況會變化，但這是對**我**的凌遲。因為我怎麼可能知道呢？

阿克立對昆妮的最後描述一直困擾著我：**牠開始面對牆壁，背向著我**。那代表時候到了，他以此暗示他會——殺了牠。

你會讓我知道的，對不對？我只是人，不可能像你一樣敏銳。在疼痛難以忍受之前，我需要你給我點暗示。

我不覺得那叫竄改大自然、扮演上帝，或像某些人說的，去干涉生靈的精神之旅，介入你到中陰的這段路。我認為那是福報。我要給你的，是我會想要為自己做的事。

我當然會在場。到獸醫院的最後一段路，我會陪在你身旁。

昨天你沒吃早餐，我以為那一刻已經來了。我拿起自己早餐的麵包，撕下一塊，你從我手上接過去吃。（**像一起望彌撒分聖餅**。）但到了傍晚，你又恢復了胃口。

所以，我們就先別想那個了。讓我們看著這一天，只要這一天就好。這個完美的夏日早晨是個禮物。

再多撐過一個夏天就好。至少你能再擁有一個夏天。

再一個夏天，讓你能伸展四肢，快樂地躺在陽光下。

至少我能和你道再會。

我在和你說話嗎，還是在和自己說話？我承認這個界線越來越模糊。

來這裡之前的那幾個星期很難熬。有時候你沒辦法自在地上下五段階梯，所以我們開始搭電梯。鄰居對這點沒什麼意見。到那個時候，他們已經很習慣看到我們了，除了一個人例外。那是一名退休護士，她的丈夫去年因為血癌過世。她質疑的是你是否仍是適任的治療犬。但看到你為了不占電梯裡太多空間而縮著身子，即使是她，也稱讚你乖。其他房客就像我們碰到的那些人，看到你都很開心，就跟任何一個看到溫和大狗的人一樣，完全被你迷住。

但是你的毛味道逐漸變重，口臭和黏稠的口水——特別是在悶熱的封閉空間裡——越來越難以忽視。

接下來是最讓我擔心的必然狀況。在電梯裡、走廊上、鋪了地毯的大廳裡，幾乎每天都有意外，你開始失禁。但最糟的是在公寓裡。有個送貨員說，天哪，這味道像馬廄。有人說像動物園。而赫克多，老天保佑他，則是什麼都沒說。

我不得不送走家裡的三張地毯、沙發和床。我買來第二張橡膠充氣床墊，我們開始並肩睡在地上的兩張床墊上。

我盡力了，拚命擦擦抹抹，一星期要用掉好幾瓶芳香劑。但這個工作變成了艱鉅的任務，公寓裡的味道始終不曾徹底消除，甚至還滲入了木地板和書架，我的衣服也全是——像我二十來歲時菸味會附著在衣服上一樣，還有，我害怕自己的皮膚和頭髮也沾上那味道。

情況雖然不好，卻也**沒那麼糟**，那個一向同情我處境的朋友說，妳現在該做的，是離開一陣子，讓公寓裡的味道散掉。

在我幾乎要絕望時，他對我伸出了援手。

我媽媽必須住進安養院，他說，她在長島有個度暑假用的小木屋。我們才剛賣掉木屋，但是新屋主想等到勞動節[1]過後再交屋。他們準備打掉原來的裝潢重新整修，所以那隻狗無論造成什麼損害都不打緊。而且，牠反正可以在戶外待久一點。今年夏天，我自己沒太常去。我有工作，而且我討厭週末旅行，尤其是八月，交通狀況爛透了。總之，時間只有兩個星期，而妳比我更需要。看著吧，妳住在那裡會輕鬆很多。妳不在時，如果覺得可以，我就去看看能怎麼處理妳的公寓。

我的英雄。

1 美國勞動節為每年九月的第一個星期一。

他甚至開他的休旅車送我們過去。

要在不傷害到你的情況下把你送上休旅車，又是另一個挑戰。赫克多挺身而出，拿閒置在地下室的一扇舊門權充斜坡。

在這裡，我們不必擔心上下階梯的問題，只要走兩小步就可以到門廊。而且我們不需要車子。我可以騎腳踏車到一公里外的小鎮中心去採買日用品。一星期後，等我們不得不離開時，我們的朋友會開他的休旅車來接我們回家。

來長島的第一天晚上，我們就碰到聲勢驚人的暴風雨。我們一起躲在屋子裡，聽著外面宛如轟炸的聲響。那晚下了一整夜的雨，但隔天早上便停了下來。世界彷彿剝去了一層膜，變得既明亮又乾淨。你幾乎可以聽得到舒伯特的《聖母頌》、聞得到海藍色。暴風雨過後的每一天都美好得不得了。

黃昏時刻，我們偶爾會在沙灘上看到另外一個人和他的狗。那是個打赤膊的年輕男人，皮膚曬得黝黑，一頭淡金色的頭髮——如假包換的海灘男孩，他會帶著他的羅威納。我們看著羅威納一次次衝進水中撿男人不斷拋出去的樹枝。男人只有一隻手臂。他把樹枝拋得好遠，狗也游得好遠，絲毫不厭倦，一次次地和一波波浪頭搏鬥。多麼令人興奮的景象！牠看起來那麼快樂、那麼得意，跑著回來把樹枝丟在男人腳下。

看著那兩個年輕的生命玩耍，我壓不住艷羨的心情。但那只是我。**你一**如既往，鎮定地看。你不知道什麼是羨慕，你不懂得渴望和懷念。你沒有懊悔。你我真的是不同的物種。

我以為時間應該會過得慢一點，因為我過得這麼閒適，讀讀艾爾摩·李納德的小說，瘋狂追《冰與火之歌》，準備點教材——大概就是這樣。我大多以三明治果腹，而且連做都懶得做，每天去熟食店買兩個，再去小農攤位買點水果就夠了。

我在門廊上一連坐了好幾個小時，什麼都不做，就是在想。比方說，那個諮商師，還記得他嗎？我一直在想他說的話。自殺是有傳染性的。會自殺的第一個預告，就是知道有人自殺。我當然知道他意有所指。「有話直說」醫師，有誰聽不出來啊，拜託？我記得我曾經把那個夢告訴他，夢裡的男人穿著深色大衣走在雪地上。他是在召喚我嗎——快點，快點——還是警告我，要我走開？

我會想到這件事，是因為幾天前，我又做了這個夢。只不過這一次的背景不是空曠的雪地，而是某個戰場上。夢裡有炸彈爆炸，有士兵先瞄準後開火。這次是貨真價實的夢魘。

臨床實務上，諮商師會問談及自殺的人他們想怎麼做。計畫越詳盡，警報聲就越響亮，越要警覺。如果是我要向這個殘酷世界道再會，現在的地點就很理想。我可以跳入海中游離岸邊，能游多遠就多遠——也就是不太遠。我的泳技太差，從來沒能游到水深過頭的地方。

但我聽說，溺水是最糟的死法，是嗎？我很確定自己在某個地方讀到過。問題是，寫這些話的人怎麼知道？

說啊——大海——接納我[2]。詩人談的是愛，還是死亡？

一切都沒變，仍然很簡單。我想念他，每天想他，非常想他。

如果那種感覺消失了會怎麼樣？

我不想讓那種事發生。

我告訴心理師：不再想他，一點也沒辦法讓我快樂起來。

正如那首老歌所說，愛催不得，哀傷同樣也催不得。

我突然想到，他做的事，就跟在他之前自殺的人一樣：說服自己，相信那些被他拋在身後的人會好好的。我們會震驚一陣子，哀悼一陣子，接著我們會恢復常態，大家都是這樣。世界並未因此結束，生命仍在繼續，而我們也該往前走，做我們該做的事。

---

2 引自艾蜜莉．狄金生的詩〈我的河流奔向你〉（My River Runs to Thee）。

而且，如果**他**必須那麼做才能免除折磨、痛苦和愧疚，我可以接受。我可以接受。

我一度擔心寫下這件事可能是個錯誤。你寫下文字，是希望能夠留住一件事；你寫下經驗，部分是因為經驗本身的意義，部分是為了不要輸給時間：不要遺忘。但這麼做總是有可能引發反效果。對「經驗」的記憶或許會輸給「寫作」。就像有些人對旅行地點的記憶，就只是他們在那些地方拍下的相片。到了最後，寫作和相片所摧毀的「過去」比保留下來的還多。所以情況可能會變成：書寫已過世的人，甚或太常提及他們——結果是你或許就永永遠遠埋葬了他們。

即使到了現在，我仍然沒辦法確定自己是否愛他。我談過不少次戀愛，從來沒有過任何懷疑，但是他——嗯，現在說這些也沒有用了。誰知道愛是什麼？那就像神祕主義者想定義信仰，像我不知在什麼地方讀過的：**既不是這樣也不是那樣。像這樣但不是這樣，像那樣但不是那樣。**

但是，若要說一切都沒變也不對。我不想用類似**療癒**、**恢復**或**結束**這些字眼，但是我知道有些事不同了。有點像是「準備」的感覺，也許吧。這波感覺還沒有到，但正要釋放。放手的感覺。

簡訊：**妳好嗎？妳的公寓現在乾淨得不得了！**

我的英雄。

現在，我在想那位擁有這棟小屋的女人，應該說曾經擁有。我從來沒見過她。除了最基本的設備，小屋的三個小空間都已經清空了。留下來的東西可能是忘了拿：臥室牆上還掛著一幅裱銀框的黑白照片。照片上無疑是一對夫妻，她和丈夫站在車邊。（那時候的人為什麼老愛站在車邊拍照？）他身穿美軍制服，她的裝扮是當年流行的樣式：大墊肩上衣、大波浪鬈髮、米妮圖案的包頭跟鞋。男的帥女的美，兩人都很年輕，還是孩子。我知道他在十多年前過世，而她獨自一人，到去年都還能自理。之後，所有功能一下子完全退化，從原來的游泳、園藝、字謎高手，一下子變得非常無助，腿不能走，耳不聽目不明，牙齒掉了，呼吸不順暢，幾乎沒有記憶，心智一日一日地消失。

她在不知何時種下的玫瑰如今已經盛開，綻放出鮮紅與純白，香氣讓人忍不住嘆息。我想，那幾年間，這些花一定曾經是她的快樂和驕傲。讓我難過的，不是她可能會想念這些花，而是她的沒辦法想念。我們所想念的——我們失去與哀悼的，不就是這些讓我們成為那個深藏在心底、真正的自己？更別提那些我們想要卻永遠得不到的一切。

我一定是年紀到了。而且，時間來得比人們所想的要早。

我看到你曬太陽曬累了。我們不要過度，好嗎？今天的高溫會來到三十二度。

也許我該去幫你拿點水。既然要去，不妨順便幫自己準備一大杯冰茶。

哇，你看，有蝴蝶。一大群蝴蝶，好像飄過草坪的小小白雲。我不記得自己曾看過像這樣一大群一起飛，倒是常看到牠們一對對地飛。我猜是白粉蝶。太遠了，我看不到牠們的翅膀上有沒有黑點。

牠們應該要當心，你這個會吃昆蟲的傢伙，只要張開大嘴巴一咬，差不多就能把牠們全部吞下肚。啊，朝你過去了，牠們大概以為你只是草地上的一塊大石頭。一群蝴蝶像糖果紙一樣飄落在你身上，而你——連動都沒動一下。

咦，那是什麼聲音！那隻海鷗是看到了什麼，怎麼叫成那樣？

蝴蝶又翩然飛開了，朝海邊而去。

我想呼喊你的名字，但那幾個字卡在我的喉頭。

噢，我的朋友，我的朋友！

謝辭

Joy Harris，謝謝妳。Sarah McGrath，謝謝妳。

我還要感謝Civitella Ranieri基金會，Saltonstall藝術基金會和Hedgebrook鄉村靜修處的慷慨協助。

《巴黎評論》節錄了這本書的段落。感謝你，Lorin Stein。

Eurasian Publishing Group
圓神出版事業機構
用心與你對話．視野無限寬廣
寂寞出版社
Solo Press

www.booklife.com.tw
reader@mail.eurasian.com.tw

Soul 039

摯友

作　　者／西格麗德．努涅斯（Sigrid Nunez）
譯　　者／蘇瑩文
發 行 人／簡志忠
出 版 者／寂寞出版社有限公司
地　　址／台北市南京東路四段50號6樓之1
電　　話／（02）2579-6600．2579-8800．2570-3939
傳　　真／（02）2579-0338．2577-3220．2570-3636
總 編 輯／陳秋月
主　　編／李宛蓁
責任編輯／朱玉立
校　　對／李宛蓁．朱玉立
美術編輯／林雅錚
行銷企畫／詹怡慧．朱智琳
印務統籌／劉鳳剛．高榮祥
監　　印／高榮祥
排　　版／陳采淇
經 銷 商／叩應股份有限公司
郵撥帳號／18707239
法律顧問／圓神出版事業機構法律顧問　蕭雄淋律師
印　　刷／祥峰印刷廠
2020年11月 初版
2020年12月 5刷

定價 380 元
ISBN 978-986-99244-0-5

你對這樣的故事有信心，期待有一天能成爲其中的一部分。

——《S.》

國家圖書館出版品預行編目資料

摯友／西格麗德・努涅斯（Sigrid Nunez）著；蘇瑩文 譯.
-- 初版. -- 臺北市：寂寞，2020.11
304面；14.8×20.8 公分. --（Soul；39）
譯自：The friend
ISBN 978-986-99244-0-5（平裝）

874.57　　109014962